她的城

池莉 / 著
杨晓升 / 主编

江苏凤凰文艺出版社
JIANGSU PHOENIX LITERATURE AND
ART PUBLISHING

图书在版编目（CIP）数据

她的城 / 池莉著. -- 南京：江苏凤凰文艺出版社，2025.6. -- （她决心不再等待春天 / 杨晓升主编）. ISBN 978-7-5594-3695-5

Ⅰ. I247.5

中国国家版本馆CIP数据核字第2025A6A334号

她的城

池莉 著　杨晓升　主编

责任编辑	项雷达
图书监制	古三月
选题策划	孙文霞　王　婷
版式设计	姜　楠
封面设计	刘孟云
责任印制	杨　丹
出版发行	江苏凤凰文艺出版社
	南京市中央路165号，邮编：210009
网　　址	http://www.jswenyi.com
印　　刷	三河市宏图印务有限公司
开　　本	880毫米×1230毫米　1/64
印　　张	3.5
字　　数	65千字
版　　次	2025年6月第1版
印　　次	2025年6月第1次印刷
书　　号	ISBN 978-7-5594-3695-5
定　　价	119.80元（全五册）

江苏凤凰文艺版图书凡印制、装订错误，可向出版社调换，联系电话025-83280257

目录

她的城 / 池莉

她的城

池莉

一

这是逢春的手,在擦皮鞋。

二

这还是逢春的手,在擦皮鞋,十五分钟过去了。

三

蜜姐瞥了一眼收银台上钟,瘦溜的手指伸过去,摸来香烟与打火机,取出一支烟,叼在唇间,噗地点燃,凑近火苗,用力拔一口,让烟雾五脏六腑绕场一周,才脸一侧,嘴一歪,往旁边一吁,一口气吁得长长的不管不顾,旁若无人。

蜜姐是逢春老板,开着一家不大的擦鞋店。

蜜姐眼睛是觑的,俩手指是黄的,脸是暗的,唇是紫的,口红基本算是白涂了。只是她必须涂,觉得女人出来做生意就是要这样子。就这,一口香烟的吞云吐雾,蜜姐当兵的底子就显出来了。要论长相模样,蜜姐也算清秀,却再清秀女子,军队一待八年,这辈子就任何时候往民间一坐,总是与百姓不同。蜜姐说话笑呵呵热情嘹亮;待一急起来又立刻目光森冷眉毛倒竖一股兵气伐人。国家经济改革开放初期,蜜姐在汉正街窗帘大世界,做了十年窗帘布艺生意,批零兼营,兴旺红火,闭着眼睛都瞎赚钱。但是对蜜姐来说,最主要不是赚了钱,是人生又锤炼了一回。汉正街是武汉市最早复苏的小商品市场,做生意的尽是些绝望而敏感的劳改释放犯和被社会抛弃的闲杂人等,与他们竞争和拼搏,那是要心眼要胆量要本事的。蜜姐就这样炼成了:她是眼观六路、耳听八方、胆大心细、遇事不慌、见人说人话、见鬼说鬼话,活活一个人精。所以蜜姐脸面上自然就是一副见惯尘世的神情,大有与这个世界两不找的撒脱与不屑,做小生意好像也很大,不求人的。在汉口最繁华闹市区,只开这巴掌大一擦鞋店,怎的过日子?蜜姐自是每一天都过下来了,分分秒秒都有掂量有分寸,不是一般人能够晓得的,也没可说。

四

蜜姐又瞟了一眼收银台上的钟：二十分钟过去了！

逢春还撅着屁股，陀螺一样勤奋旋转，擦着那双已经被她擦干净了的皮鞋。

"他妈的！"这三个字，无声却狠狠掀动了一下蜜姐的嘴唇。许多时刻，人总得有一句解恨的口语。不代表什么，就代表解恨。武汉人惯说"个巴妈！"或者"个婊子样的！"。蜜姐16岁就当兵了，在部队就惯说了国骂"他妈的"。

就逢春擦的皮鞋来说，的确，是一双顶尖好皮鞋，蜜姐看得出来这货色不是意大利原产就是英国原产，可那又怎么样？他妈的，这单生意也还是做得时间太长了！

"时间是检验真理的唯一标准"——这是蜜姐的警句格言之一。警句格言与粗口国骂，都是军队培养出来的，蜜姐很喜欢。时间的确就是检验真理的唯一标准：比如爱情。又比如擦鞋。擦鞋比爱情更容易说明问题：五年以前擦皮鞋，都要替顾客解鞋带的，角角落落和缝缝隙隙，都是要一一擦到的，手脚再麻利也得七八上十分钟。随着物价飞涨，前进一路批发的鞋油，最普通的，3角钱涨到了3块钱，分分秒秒地,市面万物都在涨价,没道理的是,擦鞋店却不能涨。六渡桥那边的瀚皇店擦鞋店想涨到五元,人们就愤愤地,说"你不是那个沈阳一圆擦鞋服务公司的连锁店吗?连锁来武汉,本来就两元了,还涨!"好像擦皮鞋就该尽义务似的。他妈的,这就是民意。民意在许多事情上就是刁蛮但它就是很难违抗。那么就凭你刁蛮好了,蜜姐顺应就是,蜜姐不涨价,坚持两元不动摇。她傻呀?她不傻。人们怎么就不明白,天底下只有买错的没有卖错的。蜜姐可以明不涨暗涨啊。也可以擦皮鞋不涨,擦其它任何鞋都涨啊。还可以用文字游戏涨啊。顿时,不叫擦皮鞋了,叫"美容你的第二张脸"。休闲鞋旅游鞋类也不叫擦了,叫"养护你的立足之本"。就一双简单到几乎是拖鞋的凉鞋,蜜姐一见就可以拍案惊奇,夸道:"哇,好精彩的鞋,好个性化!你这鞋需要个性化美容,必须的哦!"就这一句,肯定搞定。一番"个性化美容"之后,你说五元她也付,你说八元她也付。若不付,那她自己都要面孔涨红下不来台的。流行时尚就是一个店大欺客的东西,大凡喜欢在繁华闹市逛街的人,不怕多付三五块钱,就怕别人看自己老土。现在做生意绝不再是什么"质量是生命,信用是根本,顾客是上帝",是玩概念、玩时间、玩顾客了。把以前擦三双的时间变成擦六双,把以前的一盒鞋油变成六盒鞋油,不就是赚了?并且眼见得进出店子的人多了,人气就高起来。人都是人来疯,把人搞疯就赚钱,这一点绝对。

蜜姐唯一的问题在于：她是老板，她不亲手擦鞋的，时间不掌握在她手里，要靠全体工人的灵活机动。

"嘿都给我听好了：必须时时刻刻掌握时间！"每天开门之前，蜜姐都要凶一句，再一笑俩酒窝："拜托了姐妹们！"蜜姐又会打又会摸，几个擦鞋女，被她盘得熟熟的，要怎么捏怎么捏。蜜姐什么人？是在汉正街做成了百万富翁的人！

今天逢春在一双皮鞋上耗费了二十分钟了，她太过了！恨得蜜姐眼珠子都鼓出来了。

五

逢春不是真正的擦鞋女。蜜姐没有和她签劳务合同。擦鞋女都是农民工的家眷,城市女人再不肯做这种苦力活了,除非有特别的原因,逢春自然是有特别的原因,只是她不说。她不说,蜜姐也知道。

逢春是汉口水塔街联保里超级帅哥周源的妻子,婚前是汉口最豪华新世界国贸写字楼的白领丽人。周源、逢春这一对小两口子,郎貌女才,在水塔街一带人人羡慕,很是引人注目。他们两家的老人出出进进,总是脸盘子笑成一朵花,光彩得很。这一切,都在蜜姐眼里。

蜜姐祖宗三代都居住在联保里,家家户户什么状态都了如指掌。那天逢春跑来说要打工,蜜姐说:"你吓我?你和我开国际玩笑?!"

哪里知道逢春蛮认真的。她梗着脖子说:"我哪里开玩笑!"

蜜姐毫不客气一针见血:"和你老公赌气还不是开玩笑?"

逢春就大吃了一惊:"你怎么知道我赌气?"

蜜姐不屑地把眉梢一挑,就算回答了。

逢春被揭穿,吭哧吭哧了好一会儿,

老实回答:"好吧我承认我是赌气。周源太懒了!大事做不来,小事又不做,在前进一路电器公司做事都嫌低贱。我就是想出来做做事情,让周源看看。"

蜜姐打了一个"哈哈",说:"是啊,你蛮会挑地方的,再没有比我这里更低贱的了。"

逢春连忙说:"蜜姐蜜姐,我不是这个意思啊!我我我——"

"不用解释!我是夸你呢!好吧,看在都是街坊邻居的面子上,我就让你在我这里做个秀场,在这里装模作样闲待几天,羞辱羞辱周源和他父母长辈,等他们臊得来求你了,你就赶紧跟他们回家。玩玩就行啊,见好就收啊。"

当然,其实蜜姐是很不愿意的。蜜姐把自己店子看得很郑重的。但是蜜姐懂得什么叫做"兔子不吃窝边草",联保里的街坊邻居,蜜姐总是有求必应,不仅不赚他们的,还总是给优惠。这是非常重要的人际关系,就算亏本也得要人情。

"闲待几天?不!蜜姐啊,我又不脑残,知道你这里是庙小神仙大啊,开店做生意,生意就是头等大事。我保证和其他人一样,踏踏实实干活,该怎样就怎样,我也要看看自己是不是有毅力有能力把这份工做好。"

蜜姐把逢春这话一听，不免对逢春刮目相看，退开一步，抱起双臂，上下仔细打量逢春一番，说："咦——在这街上也算看着你长大，原以为是一没口没嘴闷葫芦女孩，想不到说话还蛮靠谱的。难怪那么多女孩追源源，源源却跑去追你，现在我知道了。"

逢春只把脸一低，笑笑，也没有个花言巧语，只说："我也要和她们一样，签个劳务合同。"

蜜姐说："我才不和你签。你做三天了不起了，做一天我也给你按工计酬，如果你真做，那就放心好了我不会少你一个子儿。"

逢春委屈地说:"不是啊,是我必须尊重你呀蜜姐,你对我这么好,肯帮我,又不嫌我嘴巴笨说话得罪你,那么我得按合同要求做工啊!再说了,三天肯定是不止的嘛。"

这一番话,把蜜姐说得心头滚烫滚烫,热乎乎地暖。做生意许多年了,见过的人们无计其数了,肯定都没有谁给蜜姐这种感觉。原来逢春竟是这么一个乖巧懂事到少有的呢!倒是再看逢春穿着打扮,素面素颜,头发只隐约几缕小麦色挑染,牛仔裤,黑毛衣,学生球鞋,三十多岁人看上去也就二十五六,很像在校女大学生。蜜姐从来都没有细看过逢春,这一定睛,真是蛮顺眼蛮好看的,心里就已经有几分喜欢，便允了。

既然允了，蜜姐的风格还是要摆出来，她明人不说暗话："好吧逢春啊，那我可把丑话说在前头了啊！这一，擦鞋可比你想象的要低贱和苦累得多，世人的目光，联保里街坊邻居的眼睛，都会刮骨的寒，你心理上要充分准备好。这二，咱是开店铺做生意不是尽义务，你眼水要亮，手脚要快，石头缝里也给我挤点水出来。这三，生意上的赚钱多少坚决不许出去和街坊邻里多嘴多舌。懂么？"

逢春说："懂了！"

结果，不幸。三天过去了。一星期过

去了。一个月过去了。周源没有出现。周源家父母上辈们,也没有出现,活活把个白领丽人逢春,生生晾在蜜姐擦鞋店了。街坊邻居个个震惊,新闻传播得跟长了翅膀一般,连原来新世界逢春的同事,也有人找来店里瞅瞅。周源家老人们的脸,顿时就被人家打了耳光一般,出出进进再也不得自在,绕弯走远路尽量避开蜜姐擦鞋店,但就是不过来接走逢春。

这倒是大大出乎蜜姐意料:僵局了!

当初其实蜜姐与逢春两人心里都有数,都以为逢春也就是做个三五天,最多一个星期吧,哪怕周源发了牛劲,再不情愿来找逢春求和,周源家父母拿鞭子抽也是要把周源抽到店里来，接走逢春。再不成，周源父母还会亲自过来，老人只要往擦鞋店门口一站，叫声逢春，做媳妇的，当然再没有任何理由不跟着走的。可是！居然！周源和他们家父母，坚决地一直都不露面。逢春呢，居然也就一直硬抗着坚决不妥协。

这个局面一僵持，就是三个多月了。逢春搞得还真像一个擦鞋女了。逢春竟也不怨天尤人，也不责怪咒骂周源，也不求谁调解，就是每天按时上下班积极做工往死里吃苦，这样的城市女孩，蜜姐还真没有见过。

"我信了这两个人的邪！"——蜜姐

暗说。蜜姐又只好独自暗暗地痛骂周源："他妈的这个臭小子！明摆着老婆都做到这种地步了还不赶紧来接走她！赌气几天就也罢了，还装不知道，把这种窝心苦自己老婆吃，算什么男人？"

蜜姐实在不能不骂周源了，其实早在逢春来的第一个星期，蜜姐就给周源发了短信。周源竟然一直没有回音。如果宋江涛活着，这种离谱的事情，看周源他敢？宋江涛不在世了，蜜姐也总还是联保里的一辈老大，还是有自己派头的，周源居然不买她账，也太没大没小了！去他妈的！蜜姐一愤怒，不理睬周源了。她也就任由逢春做下去了。不管别人怎么小看蜜姐擦鞋店，蜜姐自己还是非常昂首挺胸做生意的。逢春一个大学生出身就不可以擦鞋了？人家北大清华毕业生当街卖猪肉的也有呢。周源竟是这么臭不懂事，那就活该他们家老人脸面受不了！活该！

相处三个多月，蜜姐更对逢春另眼相看了。逢春这小女子不是一般的乖，是真乖。凭她身份，硬是就在家门口，熟人熟眼地看着给别人擦皮鞋，虽说赌一时之气，可说起来容易做起来难，逢春倒说话算话，真敢放下面子，硬撑着做了下来。说逢春真乖，是她不似现在一般女子，只嘴头子上抹点蜜，眼头子放点电。逢春眼睛不放电，目光平平的，像太阳温和的大晴日；却这晴日里有眼水明亮，四周动静都映在她心里。那些档次高一些的鞋,几个擦鞋女做三五年了还是畏惧,到底是农村女人,进城十年八载也对皮鞋没个把握。逢春就会主动迎上去把活接下来。一般皮鞋,逢春打理得飞快,就两三分钟:掸灰,上油,抛光。给钱。走人。她懂得现在快节奏是两厢愿意。顾客进店只顾一坐,脚只顾一翘,拿出手机只顾发短,擦鞋女只顾擦鞋就是,眨眼之间就"扮靓了人的第二张脸"。其他擦鞋女受了一点职业培训,说要尊重顾客,她们就鹦鹉学舌死搬硬套,不管什么顾客,一律都机械地说"拜拜!欢迎光临欢迎下次光临!"逢春会看人,许多顾客她就把"拜拜"免了,值得说的人才说。这使蜜姐加倍赞赏,本来嘛,擦皮鞋是多大一点生意,无须自作多情。那些根本不懂尊重人，只管高高翘起鞋子，眼睛望天上，随便把钱一甩的主儿，的确也用不着把他当人。利利索索做自己的活，眼皮都不撩起，逢春擦鞋，还真擦得出来一份自己的冷艳。看来三百六十行，确实行行出状元。世上的确没有下贱的事，只有下贱的人。

　　只因逢春是这般真乖，人又几分憨气，又默默受着老公和婆家的冷落羞辱。蜜姐逐渐生出了一份真心的疼爱来。

问题是：麻烦来了！

蜜姐原本急流勇退，撤离汉正街窗帘大世界，回到联保里，坐镇自家小小店铺，生意红火，安安逸逸，心如古井，这是多好的日子！蜜姐真的知道这是多好的日子！她失去过，所以懂得什么叫做拥有，懂得珍惜和享受。就是这样的日子，波澜不惊的时时刻刻，分分秒秒，真舒服。就算来了一个逢春，就算是为邻居排忧解难，都是日常事，依旧无风无浪。更有运气的这逢春又是一个真乖的女子，看着都舒服。够了！蜜姐只锁定自己舒服的感觉，不作他想。够了！她愿意这样的日子，天复一天过下去，不料，突然，今天，逢春出毛病了！

二十五分钟过去了，逢春当然还是在擦鞋。逢春与被擦鞋的顾客，都十分投入。一个愿打一个愿挨，默契地无限延长着时间。初期两人都不说话，后来逐渐逐渐偷偷四目相接，悄悄说话，不时还会意笑笑，最后完全如入无人之境。

把个蜜姐气得！居然，她心里陡然激荡，五味翻涌，又酸又涩，怎么啦？！蜜姐不懂自己了。蜜姐生气逢春的同时，更是生气自己。蜜姐是老板啊，她直接呵斥一声，不就结了，就像她无数次呵斥其他擦鞋女那样。她们躲懒、走神、犯傻、出毛病,蜜姐发现了就直接呵斥直接骂,一声出口,擦鞋女一惊,不再敢,事情就过去了,如风掠过,如电闪过,如蜜姐她吐出的香烟烟雾,一吹即散,都在面子上,从来不往心里去的,从来!可是,今天,蜜姐好为难,她的心,不听她的,连她自己也不知道出了什么问题。

蜜姐考虑了一会儿,她断然决定:必须强迫自己停止考虑。必须不再追究自己纷乱心思。必须把逢春的行为,定位于眼前发生的男女调情上面来,务必遵循街坊邻居之间的和睦相处规则,来了断此事。蜜姐要让自己的日子,沿着以往的道路前行。

蜜姐在不停抽烟的漫长的 25 分钟时间里,调整好了自己,藏匿好的自己。于是,现在,蜜姐开始针对逢春,考虑了断办法。蜜姐就那样在烟雾里觑着眼睛看逢春,又恼又恨又感慨:逢春怎么可以这样啊!逢春怎么是这样的人啊!难道现在年轻人用情,都是这样肆无忌惮的吗?难道世上独独这男女之情,说来就来就像失火,完全没有一个预兆,也完全不管一个常理吗?

小夫妻别扭,本来事情不大。但是这桩公案涉及蜜姐这里,却有一个底线:逢春不能在蜜姐擦鞋店搞绯闻!就算周源再不靠谱,就算蜜姐再心疼逢春,也不表示逢春就能在蜜姐擦鞋店搞红杏出墙。逢春到哪里搞,都与蜜姐无干。现在逢春在蜜姐擦鞋店做工,蜜姐就得管住她。蜜姐擦鞋店就开在自己家里,整个水塔街都是几代人的老街坊,近邻胜远亲,大家整日里抬头不见低头见。万一真的闹出什么腥不腥臭不臭的状况,逢春的公婆骂到店铺来,蜜姐脸皮往哪里搁?蜜姐在水塔街树立起来的威信,好容易?!街坊邻居人人信赖她,好容易?就算事情可以捂过去,蜜姐还是没法交代:对自己86岁高龄人人敬重的婆婆,蜜姐对没法交代,尤其这擦鞋店就是老人的房子,尤其老人就住在擦鞋店楼上!周源那里,蜜姐也没个交代。周源不懂事可以,蜜姐不可以让自己不懂事!

逢春究竟怎么回事呢?蜜姐观察着眼皮底发生的情况,百思不得其解。

要说逢春,蜜姐也算知道根底:她父母不都是市油脂的么?一家三口不都住油脂宿舍么?男技术员女会计,一对老实夫妻,现都退休了,养个女儿也老实,就会读书,自小在前进五路来来去去,总是一身松垮校服一只行囊大的书包。待几年大学毕业后在新世界国贸写字楼做了文员,这个时候走在前进五路的逢春,就很时尚了。一身紧腰小西服,高跟鞋,彩妆,身材有了曲线。逢春带同事来联保里大门口吃炭火烧烤,周源就从联保里跑出来,抢着请客买单。说周源是超级帅哥一点不掺水,谁看了谁服气。水塔街多少男孩子,多是普通模样，歪瓜劣枣也不少，独独就是周源生得不凡，那身条子活生生就是玉树临风，又会玩，有本事从狭窄坎坷的联保里穿旱冰鞋溜出来，在前五大街上一个飘逸急拐弯，戛然而止在烧烤摊前，掏出钞票大包大揽付款，也不管逢春连声说不。逢春的同事看得眼睛发直，没有不惊叹和艳羡的。一来二去两个人也就好了。儿女好了就是两家父母的事了，都是汉口人，都懂汉口规矩：请媒，求亲，下聘，择日子。周源父母为儿子腾出耕辛里住房做新房，逢春父母准备一点床上用品小家电。日子到了，水塔街老街坊们都收到大红请柬，都纷纷揣上红包去吃喜酒。蜜姐宋江涛夫妇自然是贵宾了。八年前正是蜜姐夫妇的人生巅峰，吃街坊邻居的喜酒，送的红包都厚得像砖头。新郎新娘频频来敬蜜姐宋江涛。周源敬宋江涛酒，感激得眼含热泪，杯杯自己都先干满饮。蜜姐只见两个新人牵线木偶一般，又似鹦鹉学舌，乖乖地不停歇地说"谢谢，谢谢"。那时候蜜姐看逢春，只不是陌生人，其他一点特别印象也没有。

　　蜜姐更了解周源。周源就是联保里长大的孩子。前进五路街道两边的里弄，周源经常混吃混睡在宋江涛家或别的男孩子家，连他家里父母都无须问的。周源天生漂亮，儿时就唇红齿白的，街坊邻居无人不喜欢，他打小就被东家抱来西家抱去，个个都要他叫爸爸。他也就个个都叫爸爸。个个就都夸赞他小宝贝真漂亮真听话。他也就成了一个喜听众人好话的人，只小有脾气，最多犟半天，宋江涛出面一讲就顺，他看朋友面子比天大。周源念书一般般，就是酷爱玩，玩东西上手就会，高中以后就一直在前进四路电子街打工做事。

话说喜酒吃过，转眼就是逢春生了儿子。周源家三代单传，老人是朝思暮想要男丁。这孙子一得，老人们高兴得不得了，又张罗了孙子的满月喜酒遍请街坊邻居。这一次蜜姐夫妇不可能赴宴了。宋江涛在医院检查出了肺癌，确诊以后人就倒下了。蜜姐带丈夫北京上海到处大医院治病，花钱如流水，可是半年以后宋江涛还是去世了。蜜姐自己出了天大变故，每天镜子里头都是放大的自己，眼睁睁看着脸上生出皱纹，每时每刻都感觉有泪如倾又再哭不出来了。世上所有别人的故事，顿时也就远了，淡了，模糊了，市声也稀薄了。

就是这会儿，逢春忽然闯进蜜姐擦鞋店。蜜姐一个恍惚过来，定睛一看，这才发觉世界并没有走远，大街上一切，也都还是在她眼睛里。原来心死了，只要人悠悠一口气还在，心还是要活过来的。蜜姐居然就是知道逢春和周源在赌气，是气周源的懒惰好玩不养家。这不就是在眼睛里的光景么：最初是小两口一道推童车，争给儿子拍照，一家三口往璇宫麦当劳店吃东西。逐渐地，周源出现得少了，逢春牵着儿子的时候多了。再后来,基本都是逢春一个人了。什么叫作时间是检验真理的唯一标准?这就是!蜜姐不会说错。若是从前,这种普通平常人家的故事,蜜姐肯定不管。从前蜜姐数钱都数得手发酸,忙不过来呢。肯拿出时间应酬交际的,都是有用场的人物。现在蜜姐就不一样了。蜜姐现在看人家夫妻心里都是爱惜,觉得世上男男女女满大街的人偏就你俩做了夫妻,这就是不易!别看天天平常日子过得生厌,其实聚散都在眨眼间,一个散伙就是永远。因此蜜姐唯愿逢春周源小两口和好。逢春要来蜜姐擦鞋店演个苦肉计激将周源,蜜姐也答应。年纪慢慢长起来,又经历种种世故变化,蜜姐逐渐变成了一个刀子嘴豆腐心。不过心再软,蜜姐都不可能放弃她的底线。蜜姐做事情,绝对有谱。否则她就不是今天的蜜姐。在水塔街多年如一日立于不败之地的蜜姐。有史以来,谁不说蜜姐公道,正派,人品好,有魄力,慷慨大气?

蜜姐必须为自己的良好形象而战。

别的呢?不想了!想多了,还活不活?

蜜姐嚓地再次点燃一颗烟。

30分钟过去了!逢春还撅着她的小屁股,陀螺一样勤奋旋转,那双戴着医用橡胶手套的手,围绕那双精致的黑皮鞋这么摩挲那么摩挲,是像花朵那样是看得见的盛开。逢春中了邪。

七

没错,逢春今天确是中邪了。

只逢春的中邪,她自己都无办法,即无预料,也无可猜想,是命中注定。

今天早晨。逢春在睡懒觉。周源已经是夜不归家。他们出了感情状况儿子就交给逢春父母去带了。逢春的早晨就是睡懒觉。因大城市没有早晨。早晨人马都拥挤在路上,无数车辆的烟尘气与无数早点摊子的烟尘气交织在一起,把晨时的轻雾变得浑浊滞重,太阳在高楼大厦之间是如此模糊和虚弱。不像早晨。没有早晨。在汉口最繁华的中山大道水塔街这一带，没有早晨。人们注意不到清晨的微风，注意不到清晨的太阳，务必要注意的是公共厕所。每天早晨，前进五路路边一座公厕，肯定比太阳重要。附近几个老房子里分，多少人起床就奔过来，盯着它，排队，拥挤，要解决早晨十万火急的排泄问题。这座公厕历史悠久有好几十年了，在好几十年里水塔街早晨的太阳就硬是没有这座厕所重要。待人上过了厕所，魂魄才回来。才回家洗漱。再去路边早点摊子吃热干面。热干面配鸡蛋米酒，热干面配清米酒，热干面加一只面窝配鸡蛋米酒，热干面加一根油条再配清米酒，这是武汉人围绕热干面的种种绝配。不是武汉人吃着热干面也轻易吃不出好来，美食这个东西同样也是环肥燕瘦各有所爱的。睡懒觉,吃热干面,这就很爽了。够了。

逢春懒觉起床之后,正要去吃热干面,眼皮跳了。眼皮的一阵乱跳,跳得逢春心烦意乱。她认为这是应在热干面上头:她今天肯定吃不到那家最好吃的热干面了。后来果然,她想要的热干面已经收摊。眼皮阵阵乱跳,逢春立在巷子口,发了牛劲:我就不信这个邪!逢春头一埋,目不斜视,就一直往前走,一家摊子一家摊子地找她中意的热干面,竟然跑过了中山大道,直直地跑到了江边,终于,逢春吃到她比较中意的热干面。逢春吃完热干面回来,已经快到中午了。

逢春是中午 12 点的班。中午 12 点是城市兴奋的起点。午后开始,无数行人从城市各个角楼每条道路汇聚到大街,之后就是川流不息川流不息川流不息。随着太阳一点点偏西,阳光一点点通透起来,晚霞铺排得恣肆汪洋艳丽娇蛮,夕阳也就借势横刀立马,把那明净煌亮的光线射向城市,穿透所有玻璃,大商厦小商铺,一律平添洋洋喜气。即便陌生的人脸对人脸,也皆有光:繁华大街的黄金时段这才到来。

凡被蜜姐要求 12 点上班的,都是能干人。逢春上工才三个月,一跃成为专业骨干,逢春自己想都要苦笑。是逢春自己一气之下来求蜜姐做擦鞋女的,蜜姐给面子一口答应她,也把丑话都说前头,逢春就没有什么退路了。逢春打了掉牙得往自己肚里吞了。周源不要脸,逢春要!

好在逢春硬着头皮做着做着,倒是逐渐做出感情来,也逐渐做出感觉来了。看来真就是没有卑贱的工作只有卑贱的人。

热干面吃到了,逢春还是眼皮跳。用热毛巾敷了,还是胡乱地跳。逢春剪了一点创可贴贴眼皮上,在走进蜜姐擦鞋店之前,她又抹掉了。擦皮鞋也是上班。上班就要像模像样。逢春本来想问问蜜姐是左眼跳财右眼跳祸?还是左眼跳祸右眼跳福?话到口边又一个转念:不可以问的!逢春觉得:问清楚了都添心病。其实就这么几个转念，逢春今天已经添了心病。人的感觉不能随便来，一旦来了就丢不开。今天究竟要出什么事呢？莫非周源要来？如果真的周源来了，当面就要逢春跟他回家，逢春怎么办？逢春觉得今天眼皮跳大约就应在周源的扯皮上头了。逢春心事重重这么想来想去，眼睛就不自觉地四处看，在别人看上去，只是觉得逢春今天眼神格外水灵流盼。

骆良骥带着一身的偶然性，大摇大摆晃进蜜姐擦鞋店。一眼就对上了逢春这双水灵流盼的眼睛，就再也离不开。

蜜姐擦鞋店位于中山大道最繁华的水塔街片区，联保里打头第一家，舰头门面，分开两边的大街，横街是江汉一路，纵街是前进五路，两条街道都热闹非凡。江汉一路上有璇宫饭店和中心百货商场，都是解放前过来的老建筑，老建筑总是有一副贵族气派的。前进五路路口就是大汉口，大汉口院子里，清朝光绪十二年聘英国人设计修筑的水塔，一袭紫红，稳稳矗立，地基五六层，六楼顶上有钟楼，真是怎么看怎么好看。中山大道另一边是近年崛起的幢幢商厦，玻璃幕墙巨幅广告，光怪陆离，赶尽时尚。蜜姐擦鞋店，就占在这块最好的地方。可是，虽好却小。蜜姐擦鞋店小到只是大门里面的一个踏步，厅堂门外的一片出场。出场通天，一方小天井。天井里凌空搭建了一个吊脚阁楼，楼上住着蜜姐的婆婆，楼下就开着蜜姐擦鞋店。实在是又无规矩又无方圆的巴掌大地方。硬是蜜姐精明能干,一一地把缺点转变为优势:老旧的砖瓦墙壁,故意不贴砖,也不粉刷;板壁鼓皮部分,故意不油漆;不装修的部分朝古色古香靠,必须装修的部分靠欧美情调。除了五六个擦鞋女坐在地上擦皮鞋之外,店子墙壁与所有拐角与角落,都尽其所能设置了挂杆和搁板,把布衣、椅垫、泥捏、烛台、盘盏、陶罐与里面插的大蓬狗尾巴草,泡菜坛子与带苞的棉花秆子,酒瓶与蒲公英,都作装饰品放上去,又都是商品可以卖,都随口开价,就地还钱。蜜姐故意与全国连锁擦鞋店不同风格,她走文化品位的偏锋,随手捡来的东西,偏都搞成文化。蜜姐擦鞋店很快就口口相传了,尤其在高校，名气不胫而走，大学生们不擦鞋，蜜姐也都一律欢迎。一般搞文化情调的小店铺，都要端架子，好像端架子就是文化的一部分，所以都是要谢绝顾客拍照的。蜜姐却由大家随意拍照。不就是搞搞文化么，搞文化不就是噱头么，不也还是为了生意么，蜜姐深谙生意要旨，她要的就是人气，大学生们进来，随便玩，随便拍。蜜姐本来就是汉口人，她不怕汉口繁华压头，再小店子她也庙小神仙大。开初逢春之所以下得了决心拉得下脸面来蜜姐擦鞋店做工，其实首先也还是看上蜜姐擦鞋店的文化品位。有文化品位，逢春就不算太掉价。不就是赌口气么？不就是激将法么？擦鞋谁不会？摊上周源这么个中看不中吃的老公，逢春只能剑走偏锋啊。想不到的是,三个多月下来,逢春真心再也不愿意跟周源回家了!

问题是,周源并没有出现,出现了骆良骥,是另外一个陌生男青年。

一桩意外故事就这样突然发生了。就在午后的黄金时刻,就在蜜姐擦鞋店正迎着西边射来的阳光,小店铺被照得通透明亮,所有饰品都镀金焕彩,两扇老旧的木板大门,黑漆的斑驳都变成了熠熠生辉的细碎花朵。青年男子骆良骥,一步跨进了蜜姐擦鞋店。他在光灿灿的背景里出现,逢春水灵流盼的眼睛正好迎上这道光辉。目光交接处霹雳闪电,逢春只觉得一股热辣径直冲到心口。诡异的是:逢春与骆良骥一对上眼神，她的眼皮就不跳了，平静了，舒坦了，波澜却是跑到心里头激荡，狂涛乱卷不由人。逢春自己都好生奇怪，她睁大眼睛看着骆良骥和自己：不理解！完全不理解！但理解不理解都没有关系，事情本身的发展不由人。逢春来了好感觉：老公不看重你，自有别的帅哥看重你！自己是白领丽人的时候，被周源追求，自己是擦鞋女的时候，也还是有帅哥追求啊！破碎的心，太受安慰了。就是这一口，迎面冲来好味道，不由己要吸上一口，何况眼皮跳跳已有预示，管他三七二十九！

人生有时候就是这样乱七八糟的没有道理的。

八

骆良骥带着一身的偶然性，大摇大摆晃进蜜姐擦鞋店。

骆良骥是在严格的计划生育年代偶然出生的人；他原本是被要求学好数理化走遍天下都不怕的，又偶然做起了生意；有一单生意发展到武汉，他又偶然来到了武汉。所有这些偶然性集中在骆良骥身上造成的是一种飘萍般的随意感。他又很随大流地喜欢名牌喜欢奢华喜欢虚荣，也很随意地轻率糟蹋：一身原产意大利的杰尼亚西装根本不知爱惜，肘子弯里皱褶已经过深，袖扣处油渍斑斑，骆良骥无所谓。一双意大利皮鞋沾上了呕吐物，骆良骥也无所谓。一般人见惯的前辈商人们那种时刻注意夹着尾巴做人的谨慎拘谨，那种总还是担心投机倒把罪名卷土重来的紧张害怕，骆良骥身上已不再有。因此，青年男子骆良骥的随意感又是充满轻松浅薄的，就披洒在外表。这种感觉在逢春看来，就是一种难得的潇洒了。男人的潇洒，再不管是哪一种，对于女人，永远有着致命魅力。尤其没有什么阅历的年轻女子，比如此刻的逢春。

骆良骥从明亮大街跨进蜜姐擦鞋店，仿佛熟门熟路，面孔充满初生牛犊不怕虎的自信，这种自信有着无知的大胆气势，活像是电影大片里的主角忽然走出了屏幕，逢春在瞬间就不知不觉把自己移位到女主角的角色里。逢春此刻的年纪,就是容易被电影暗示和支配的,越是烂片,越容易给她白板一块的头脑深刻影响。

蜜姐就坐在大门边,客人先都是她看在眼里她心里有盘算的。先是有司机过来,在门口就给蜜姐歪了一个嘴,大拇指朝身后做了一个手势,蜜姐立刻会意。这是骆良骥在汉口雇请的司机,以前开过出租车,熟悉蜜姐擦鞋店的。紧接着,司机闪开,骆良骥进来。蜜姐拿眼睛指挥逢春。蜜姐早就给逢春以及所有擦鞋女都发过手机段子,用段子给她们上课,教导她们辨认顾客身份。有道是:"裹西装勒领带,一天到晚不叫苦,哥们肯定在政府;勒领带裹西装,一天三餐都不脱,肯定是个商哥哥。"骆良骥显然就是一个商哥哥,浑身上下一看,本身就是一钱包,太便宜了都会被他笑话,不宰他宰谁!

就在逢春迎候骆良骥坐下的时候,蜜姐笑声朗声道:"这位先生,你这么好一双皮鞋,我们一定要好生养护的,不好生养护都对不起这双鞋。"

这是蜜姐在暗示逢春注意宰客。哪知棋逢敌手将遇良才,骆良骥也是生意场上的人,他看透蜜姐这点小诡计,给了司机一个眼色。司机立刻过去,递给蜜姐一张 10 元钞票。骆良骥不怕宰,但也不让你宰出血,就 10 元而已。蜜姐接到这张钞票好比接到暗号,懂了,这是一个精明小子。蜜姐心照不宣地又打了个哈哈,只说声谢谢了,便钞票往银包一塞,抖落笑意,只顾招呼新顾客去了。

可是逢春倒是为蜜姐抱不平了。尽管第一眼,两人意思都在那里了。逢春却还是没有忘记袒护蜜姐。又心里只想与骆良骥逗一逗玩儿:要看他到底有多潇洒,又要看他手面到底是不是大方,又要看他是否真的对自己另眼相看。

问题是骆良骥的皮鞋太脏了!一双鞋呈喷射状地沾满了酒席呕吐物,实在是污秽不堪!逢春首先庆幸自己母亲曾在市油脂工作,从前市油脂的深蓝色大褂,现在派上了大用场。逢春也庆幸自己坚持戴口罩和手套。她知道蜜姐最初有点嫌她小题大作，逢春解释说她这样注意卫生是为了儿子，儿子年幼，体质又弱，风吹草动都感冒发烧。蜜姐自己是有儿子的人，听罢手一挥，慷慨地过了。逢春私心里觉得，蜜姐到底中年人了，也就知道涂脂抹粉，不知道更要紧的是护肤，而且眼孔小就是有点时代局限，汉正街瞎赚乡巴佬钱的时代已经过去了，现在是以"高端豪华上档次"的名义，对所有人走过路过绝不放过的新时代了。给蜜姐 10 元钞票，她就满足了，怎么可以？！就凭皮鞋脏到这种程度，至少 20 元钱。逢春很自豪自己不是那种为情所困的女人。现在女孩子，是情也要钱也要的。

逢春正想着,骆良骥俯身下来,在逢春耳边低声道了一个歉,说:"不好意思啊确实太脏了!由你打理,那点钱是不是少了呢?"

逢春大惊。怎么骆良骥恰好与她的心思对上了话?啊哈,原来是知音!逢春缓缓撩起眼帘,含笑看了骆良骥一眼。这是何等年轻光滑线条优美的眼帘,骆良骥痴痴地盯着看,逢春又赶紧把眼帘垂下。这一垂帘,逢春又觉得自己不妥,太早露出慌张来了!顿时她就对自己有了一种说不清的恼,那般娇娇的恼,带一点羞,浮上脸颊,脸颊就泛起了一片飞逝而过的绯红。

这样一种貌若天仙之美,简直让骆良

骥的心里噗通噗通一阵猛跳。他喜欢地看着逢春发恼，故意要搭讪，故意要表现自己的好，接着就解释说："你以为是我喝醉了吧？不是啊。是朋友喝多了，吐我一脚。"

逢春只点点头，也不再抬眼，手里勤奋擦鞋，心里却还是不由得应答：未必我会管你的鞋是谁吐的？告诉我做什么？

骆良骥就好像她的心思是透明，又答："我啰里啰嗦的，是想告诉你，是因为，我不想让你误认为我是一喝就醉的人。你这样女孩子肯定是只喜欢干净男人的。"

句句都是逢春要的话。逢春不由得暗暗吃惊世上竟有这样一种知心。她不由得就要比较自己老公周源。周源与她说话，那都是简单没逻辑,说了上句没下句,从来都没可能知心知意的。

骆良骥这句话说得磕磕巴巴,一边说一边都已经发觉自己说的都是笨拙的讨好话,他希望自己说话更为俏皮一点潇洒一点。骆良骥越是对自己有了发觉,脸也就愈发热了起来,络腮那一带都是红赤赤的。

骆良骥的不自然,让逢春更加情不自禁。她又带着娇嗔的恼,又向上睃了骆良骥一眼。两人目光再一次接通,二人身上都电闪雷鸣地悚然。骆良骥只觉得逢春眼波一横,潋滟得无比艳。逢春看到的是骆良骥单单给她一个人的全神贯注与如火如茶。寂静忽然排山倒海降临笼罩他俩。蜜姐擦鞋店都不再存在,外面热闹大街也不见了,就只他们两人被封闭在一个真空里,不存在擦鞋与被擦鞋,却又分明看得见逢春在擦鞋。两人都有点害怕了,都在挣扎。片刻,挣扎刺破梦魇。两人前后出来了:现在又市声汹涌,店铺里人来客往,手机声此起彼伏,擦鞋女们双手翻飞,呼吸里是浓烈的皮鞋油气味,蜜姐在柜台边,一手香烟,一手茶杯,在招呼顾客的同时,老练又阴险地暗中盯着他们。

感觉顿时长出了翅膀。依然埋头擦鞋的逢春,十分清晰地知道了骆良骥的穿戴、表情、肤色与口音。知道了骆良骥头发干净爽利,浓密到额头仿佛要压住眉毛，眉毛宽宽的，眼睛却秀气。骆良骥倒是第一眼就见到逢春的与众不同，逢春工作服工作帽大口罩，全副武装把自己包裹严实，搞得像高科技流水线的操作工，是全中国任何地方都没有见到过的擦鞋女。肯定是个伪擦鞋女。多半是女大学生搞社会实践。在擦皮鞋的过程中，骆良骥已经透过严实的包裹看见了逢春的身体，正如她那一抹眼帘，处处都是饱满、光滑、匀称和优美。骆良骥怎么就从来没有见过让他如此心动的身体线条呢？骆良骥也30多岁了，也娶妻生子了，全国各地大城市几乎也跑遍了，饭店酒楼餐馆洗脚屋几乎是他做生意的一部分，经常进出着，各种漂亮女孩子，他见得多了，也常与她们一起K歌喊麦，还可以随意搂进怀里。怎么他却再也很难记得她们模样。怎么唯有这一刻,在这个擦鞋店,骆良骥的眼睛自动变成了放大镜,连逢春额头几缕发丝都是电影里的特写镜头,每一根都纤毫毕露,结实圆润,闪闪发亮。逢春让骆良骥顷刻之间比照出此前他见过的所有线条都不完美,都有许多生硬处,都划伤或者划痛过他,唯有此时此刻,如此柔顺和美花好月圆,让他无法控制自己要说出许多可笑的话。骆良骥搞不懂自己了。不也就是萍水相逢吗?骆良骥不觉也得对自己有了一种恼。一般动情男子内心一恼,面子上看不出是恼,竟是平添深沉。

两个陌生的青年男女,此一时此一刻,竟然一模一样发生了别样的心思。这种心思也简直是老房子失火。一时间完全不受人控制,火势蔓延很快,又情况都迷蒙不清,也都不知道这是为什么,就是心里头温暖舒服小火苗兴兴头头地煽动,还有头小鹿活泼乱撞,随时都叫你心要惊。两个本该无多余对话的人,都管不住自己,有一搭没一搭地说话挑逗。还不约而同都把声音压低低的假装不是在说话,默契地要把世界上别人都从他们之间排除出去。

骆良骥说:"看你做得这样细致和辛苦,10块钱哪里够?我司机不懂事,手面小气,得罪你了啊。应该付多少,你说了算。"

逢春道:"100!"

骆良骥说:"没问题!"

逢春笑道:"擦个鞋就100,那我得替你擦出一朵花来。"

骆良骥说:"看看,这不,你已经擦出来了。"

逢春问:"哪里?"

骆良骥说:"我眼里啊。"

逢春噗嗤笑道:"你就这样习惯性泡妞啊?"

骆良骥喊冤枉,说:"我泡了吗?我又没有叫你美女,我连你人都只看见一双眼睛,也没问你名字,又没找你要QQ号,也没有要手机。算泡吗?"

逢春说:"有没有泡你自己心里知道。"

骆良骥说:"我不知道。你知道。"

一双意大利的巴利牌皮鞋,在逢春手

下眉清目秀地出来了：皮光，型正，缝制严谨，端庄典雅，好鞋就是惹人爱。逢春歪着头打量，颇有成就感，说"哎呀好鞋就是惹人爱！"先头逢春在新世界国贸大楼上班，午休就要和同事去隔壁逛百货商场。好鞋的知识积累了一箩筐。逢春周源小两口都渴望穿好鞋。特别是周源，不管有钱没钱，也不管家里柴米油盐，断然在新世界百货买了一双英国其乐牌皮鞋，这是他出去和朋友玩的脸面，他必须拥有一双！那一次小两口是恶吵一顿，因为逢春就是顾家，就是舍不得钱，她自己最多只买了莱尔斯丹或者百丽。没有那么多钱，逢春隔三岔五逛商场那还是要跑到进口大品牌专柜去挂挂眼科，看看人家的款式与设计，感受感受，也是养眼的。逢春真是喜欢好皮鞋！

逢春由衷地说:"喂,这么好的皮鞋我看得真的,用真的好油养护一下。"

骆良骥说:"我巴不得!"

可是像意大利巴利这样好的牛皮,一般鞋油是不能用的,前进一路进货的最低廉鞋油那根本就碰都不能碰。唯一一盒正宗进口养护鞋油巴西棕榈油,由蜜姐专管,仅供重要顾客:那都是水塔街地面上的有点小势力的人,他们才是蜜姐擦鞋店的VIP,其他人休想。

逢春叹了一息,说:"可惜好油不在我手里。"

骆良骥看出逢春怕蜜姐了。他忍不住要表现自己男子汉气魄了。他说:"你想做什么你就做!"

九

逢春走到蜜姐跟前,找蜜姐要那盒巴西棕榈油。

蜜姐就等着逢春找上门来。蜜姐已经忍耐够了。从毛毛细雨到惊心动魄,都在蜜姐眼里。她隔岸观火,分外洞明,已经随时随地准备好灭火。

蜜姐故意用极其淡漠的眼神对着逢春流光溢彩的眼睛,假装不懂,说:"什么?"

逢春说:"你知道。"

蜜姐说:"我知道什么?"

逢春说:"你知道那皮鞋值得做保养。"

蜜姐朝逢春喷了一口烟雾,说:"我什么都不知道。"

逢春说:"那么好的皮面被烈酒烧了,真的需要保养。"

蜜姐说:"你说需要就需要吗?!"

逢春叫道:"蜜姐啊!"

蜜姐压低声音说:"喂!这里可是我说了算啊!我说需要才是需要!你迷糊个什么!醒醒啊!你已经为一双鞋花费太长时间了!10块钱我已经没赚头!好了!赶紧过去让他走人!"

逢春叫道:"蜜姐蜜姐!"

蜜姐的香烟停顿在嘴唇间,双手抱肩:"叫什么叫?叫个鬼!你没听见我的话?!"

逢春说:"你怎么能这样?!怎么能赶顾客?!你怎么知道保养了人家不加钱?"

蜜姐说:"你有能耐你先让他加钱!他再拍出20块钱,我立马给油。"

蜜姐话刚说完,骆良骥的司机过来了,给蜜姐递上了一张百元钞票,说:"老板说不用找零了。"

百元大钞!保养一下皮鞋就付百元大钞?!蜜姐怎么能够拒绝?!蜜姐立刻换作笑脸连声道谢,但,她一转身塞给逢春鞋油的时候,脸子复又拉了下来,什么不再说,只冷冷挖了逢春一眼。

逢春胜利了,她得到的已经够了。

她闪电般瞥一下骆良骥,热泪再也抑制不住。逢春拿过鞋油,返回骆良骥跟前。蹲下。不吭不哈。全神贯注地,涂油,抛光,一双手像春天燕子,欢快灵巧地上下翻飞。逢春的倔劲上来了。她一不做二不休,用手指指骆良骥袜子上面的污迹,骆良骥问:"脱掉?"逢春肯定地一点头,把站在门口的司机招来,连她都不敢相信自己会吩咐司机:"快去买双新袜子回来"又追一句:"出门一拐弯两边都是卖袜子的。"

司机倒是有一点发懵,骆良骥连忙呵斥司机:"听见了?去!赶紧照办啊!"

司机跑出跑进很快就买来了一双新

袜子。骆良骥忽然有点羞涩,他背过身子,脱掉自己脏袜子,掏出口袋的餐巾纸包好了,要司机到外面找一垃圾桶扔掉。从来没有这么细致的男人,忽然就是这么细致了。骆良骥穿好新袜子,逢春给他穿上皮鞋并扣好鞋带,放好裤管,一双脚整整齐齐,干干净净,漂漂亮亮。这情形忽然又把蜜姐擦鞋店远远推开与隔绝,一个空间里只有两个人,两个人前一刻都是陌生人,后一刻却同时都有感觉正如他们是人家夫妇一般,日常里女人正给要出门的男人收拾,也不说什么,就是有一种你知我知,从心里头贯通到指尖,到处都是暖融融。

但是这两个人,并非无家无口的单

身男女，是连孩子都读书了，才忽然邂逅在一个擦鞋店里，被唤醒早该有却没有的感觉。这些话，逢春好想说给骆良骥听，骆良骥也好想说给逢春听。待要说，蜜姐擦鞋店又回来了。二人又都很明白他们说这些鸡零狗碎没有必要，甚至他们都没有互相倾诉的可能性。他们在蜜姐擦鞋店呢！又二人都知道皮鞋擦好了，骆良骥该离开了，才相见又分离，仓促得心里生生难受，两人都躲闪，都不看对方，都把动作放的无限慢腾腾也挽回不了事物本身的规律：一个顾客的皮鞋擦好了。他该离店了。

　　蜜姐猎手一般，有耐心又犀利，就在不远处盯着他俩，一见这般光景，立即大声送客:"谢谢先生慷慨,欢迎下次光临!"

逢春也只好公事公办地说:"谢谢光临,欢迎下次光临。"

骆良骥顿时手足无措,摆摆双脚,踩踩地面,拿手撸撸头发,有一瞬间似乎要崩溃。到底他也不是毛头小子,还是竭力稳住了自己。拿出皮夹子,从里头取出一张百元钞票,递给逢春。

逢春说:"给老板。"

骆良骥说:"老板的给过了。这是给你的。"

逢春忽然不知道从哪里又冒出了一

阵恼。噢,他真以为她是擦鞋女啊?付过一百元了再付一百元,他可真喜欢炫耀自己有钱啊!他到底姓甚名谁从哪里来到哪里去是个什么样的人怎么今天就是与她冤家路窄啊!逢春不接骆良骥的钞票。就那样木呆呆站了一刻刻,突然就去脱自己手套。医用橡胶手套时间戴长了,手又发热出汗,紧紧吸附在皮肤上不易脱,逢春就用力乱扯,扯着扯着就一句一句用力说话,说的辣辣的呛呛的:"知道你有钱!知道你是有钱人!不用这么显摆!本人不收小费!"

骆良骥连忙说:"哪里是小费?我们刚才说好擦出一朵花来就是一百嘛。"

我们？！逢春心口一记钝痛：她与谁是我们？她与周源是我们可惜周源连她做了擦鞋女都不管不顾啊！逢春想着泪就又要往外奔涌，她拼命地忍，忍得心疼疼的难受。

蜜姐适时过来救场。她大大方方地，用两根指头，轻轻拈过那张百元大钞，在一板一眼有理有节地对骆良骥说："真是非常感谢这位先生！把您这双皮鞋打理养护出来，说实话真的不容易，我这员工的确付出了太多辛苦。本店当然收小费。做服务生意哪里有不收小费的道理？不收小费简直对顾客都是不尊重。给小费是先生自己表现的绅士风度嘛。她年轻不懂事，也是好心生怕顾客太破费了,又不会说话,还请先生多包涵。这钱我就先替她收下了。"

骆良骥五心烦乱地胡乱点头,就是脚步不肯移动。逢春在一旁已经把手套扯破了,脱下来丢进垃圾篓,只见一双因为手套戴得久了而格外苍白潮湿的手,毕现的青筋在她手背上画了水墨一般,却也有一种惹人怜惜的好看。骆良骥眼睛落在上面直直地看着:今天世间就是一切都格外不同格外迷人!

蜜姐见状,只好加大灭火强度,一把拉过逢春在自己身边,说:"好了!这位先生你放心,回头就算她真不好意思收这钱,我也绝对不会让你人情落空。她儿子最喜欢吃麦当劳,我带小孩子去吃就是。

我当兵出身,当兵人就是豪爽,有什么说什么,我要说小兄弟你够爽的,我祝你好人有好报,生意成功!我也看出你不是本地人,再祝你回家旅途顺利,合家幸福。拜拜!"

蜜姐说到"她的儿子",还顺手在逢春身上比划了一下她儿子的高矮,甚是强调逢春为人妻母的身份。强调孩子强调家庭强调现实,蜜姐懂得这就是重拳与法宝。现实,只有现实,是粉碎任何空想的铜墙铁壁:这女子是为人妻为人母的人啦,你就不要太过分了,再过分就是破坏人家庭啦。蜜姐这一手很厉害,是一石二鸟,把一时间忘乎所以的逢春和骆良骥,当场震醒了。青年男子骆良骥，在人情世故方面那显然远不是蜜姐的对手。一时刻尴尬、狼狈、羞愧、歉意，难为情，种种颜色都从面上过了一回，搞得脸红脖子粗，他别无选择地回应一个"拜拜"，转身就出门了。

这里逢春一愣，脸无处放也无处搁，双手一把面捂住，掉头冲进里屋。

蜜姐擦鞋店就只巴掌大，里屋与店铺，只挂一张蜡染印花帘子相隔，平时工人们不可以随便进去，只开饭时间可以进去一个人把几个盒饭端出来。里屋太狭小了，是做饭的地方，堆满了锅盆碗盏，到处都是百年来烟熏火燎的黑与暗。又还是蜜姐私家地方，蜜姐的婆婆就居住这楼上。一道楼梯从洗碗池上腾空架起来,也简陋狭窄得仅容一个身体上下。里屋没有光亮,日常只有老人家下楼做饭,才会开灯。最关键的还是规矩,这里屋再不管狭小逼窄,也都是私人住所,不是擦鞋女大家的公共场所。老板就是老板,伙计就是伙计,人家就是人家不是你家。

只逢春一急,不管不顾平日的规矩,就一掀帘子跑了里屋,眼睛一黑,撞上楼梯,顺势一屁股坐在楼梯口,摘下口罩,大口大口深呼吸,又捂住嘴巴又揉搓胸脯,不知道是何等地难受疼痛,分明在痛哭,却也是无声的嚎啕。

十

蜜姐连眼珠子都没有转过。

不理睬！憋死她！蜜姐就是这么干脆利索地处理逢春。小孩子是越哄越撒娇的。蜜姐不想哄逢春。逢春虽说年轻，但是已经不是小孩子是小孩子他妈了！哪个女人没有年轻过？哪个女人年轻时候没有被爱慕过？一生如此漫长，哪个女人可以保证从来不昏头？男人的穷追猛打，蜜姐又不是没有见过，九百九十九朵玫瑰，蜜姐又不是没有人装模作样地送过。逢春今天遇到的这一下子，简直是蜻蜓点水毛毛雨啦，也值得大犯其晕？如此未经世面，逢春的确应该交点学费了！那就哭吧哭吧！那就思量思量吧！

有好事的擦鞋女过来，到蜜姐跟前，满脸同情与忧戚，她知道蜜姐平日总要宠一点逢春，以为自己可以替蜜姐排忧解难。蜜姐也根本都不正眼看工人的脸，只挥挥手，示意工人赶紧去做自己的活儿，少管闲事！蜜姐什么人？多大年纪？多少经历？还值得针尖麦芒地与逢春计较？这个不知好歹的小丫头，蜜姐收拾她，那是早晚的事！逢春跑到人家里屋去干什么？真没有规矩！人家的里屋可以躲藏一辈子吗？就今天都是憋不过去的，逢春终会自己怎么跑进去，自己怎么走出来。待她自己自动走出来，事情就已经过去，伤口的鲜血就已经凝固：正常的世界会重新开始！蜜姐自己有自己的世界。蜜姐得继续做生意。蜜姐最重要的事情是做生意。不错，蜜姐生意很小。在小生意，只要红火，就有意思。现在蜜姐要的就是意思。一个人活的就是要生出一点意思来。口张开了，笑不出来，那就没有意思了。不是钱的问题。钱对于生意来说它就是一个铁的规矩，一个硬的道理，一个吉祥的物，那是一定要喜欢它要尊重它的，那是绝对不可以对它说不的。其实蜜姐不缺钱。蜜姐是瘦死的骆驼比马大。汉正街做的那些年不可能白做，维持一家老少三口人的日常小康生活，供儿子上中学，还是有这个经济实力还是没有问题。再说宋江涛再生病住院，他这个人还是死都要顾家，一坛子金银首饰早就被他偷偷埋在家里,现在根本还不需要动用。蜜姐现在都懒得再戴那种金光闪闪的黄金板戒了。现在蜜姐主要是想要自己感觉活着是有趣的。蜜姐得靠自己的能力让自己觉得有趣,容易吗?蜜姐这个小小擦鞋店,她容易吗?

谁容易?全世界就她逢春一个人委屈?蜜姐简直好笑!

晚霞渐渐收了去,大街渐渐亮开了。擦鞋店生意又来了一波高潮。因逛街大半天的男男女女们,皮鞋都蒙了一层灰,在路边吃烧烤或者餐馆晚饭时候,又溅了一些油点子,这就有必要擦皮鞋了。皮鞋干净了铮亮了,才好意思去泡酒吧。酒吧在中国重新开张,也有二十多年了,是随改革开放复苏的。终究是国外文化,并不是人们都适应,早先许多店子也是惨淡经营,关闭的并不比开张的少。洋人做生意顽强,没有一口吃成胖子的急切,也不怕赔本赚吆喝。硬是挺到这十来年里新一代人长成。这一代人从儿时的麦当劳肯德基披萨饼过渡到酒吧,顺理成章,无须做广告拉他们。武汉市大街上活跃的这些年轻人,现在就是好个时尚讲究个品味,夜生活首先地方多是酒吧。男女朋友,成双成对,夜间谈情说爱,再没有比酒吧更合适的了。洋人开店没有旁门左道,就是把店子搞得窗明几净,音乐低回,烛光花草,香氛氤氲,再加上咖啡这个东西,煮开了飘出的气味,就是好闻,面包烤熟了的气味，也就是好闻，这是没有办法的事情。要叫你如果一双邋遢皮鞋走进去，是连自己都没脸。

更加上武汉眼下正是大搞建设，几千个工程同时做，昼夜不息的灰尘飞扬，蜜姐的生意不红火才怪。是现在人又懒，鞋又多，连球鞋都不愿意自己洗。附近市一中的学生，把球鞋、旅行鞋乃至凉鞋，都送到蜜姐擦鞋店来。像这种著名的重点中学，但凡能够进来读书，家里父母就是把裤带子勒断，也要供孩子花钱。孩子却是没有不撒谎的。孩子们在外面，一个泡网吧一个送洗鞋子，铁定不会对父母说真话，都说是吃不饱买东西吃了，搞得父母还牵肠挂肚。现在中学生的时尚把戏是家长万想不到的,男生好名牌,女生更妖精,要涂红趾甲的,要偷穿高跟鞋的,就干脆连指甲油和时装鞋,都寄存在蜜姐擦鞋店,需要时候就跑到这里换鞋。蜜姐生意真是不好才怪。

在这个夜幕初降华灯溢彩的初刻,顾客成群结队涌进来,个个抢着要自己皮鞋先干净漂亮。有许多顾客认识蜜姐,一口一个"蜜姐"地叫,都希望自己皮鞋尽快得到打理。蜜姐"好好好"地答应着、安排着、抚慰着:马上马上!马上保证你漂漂亮亮!

被人迫切需要,这真是很开心的事情,这就是活得有趣了。

开心就是凝聚力。是个人,就眼睛都乐意见到一张开心的脸。开心时刻的蜜姐那一心扑在生意上头的热情,谁见了谁都像看见家乡父老一般亲,不擦皮鞋都想进店铺。这是多么好啊,蜜姐喜欢死了。真开心与假装开心是绝对不一样的,假开心只是你自己挂一笑脸招揽生意而已,人见了就会捂住钱包躲远点。真开心是热络人眼睛里有人,真开心才可以真正吸引人。这个诀窍蜜姐是太懂了。就在逢春痛哭流涕的时候,蜜姐把哗哗作响的钞票不停地往银包里塞,眼睛对谁都笑眯眯,脸蛋子像朵春天的花。

随着人气高涨,蜜姐兴致也越发高起来。她亢奋得脸发红,印堂亮亮的,索性坐到了大门外,大街似乎都成了她们家的。蜜姐与顾客招呼寒暄,与街坊邻居招呼寒暄,与隔壁左右店铺的人招呼寒暄,大开玩笑,左右逢源,如鱼得水。一个熟识的出租车司机驾车从门口经过,渐渐慢下来,胳膊肘搁在车窗上,蜜姐就递过去一支香烟。

司机说:"没点火啊!"
蜜姐说:"自己点!"
司机说:"自己点那我还要吃你香烟做什么?不如我把烟你吃。"

蜜姐连笑都不与他笑,只是面上有暗喜,只是再从香烟盒子抽出来一支新的,叼在自己唇上,低头点火,吸得火星一冒,再送过去,塞进司机嘴里。

司机说:"香!"
蜜姐说:"呸!"
司机说:"我要是不给你拉生意来我就不是一个人了!"
蜜姐说:"我又不是青楼妓馆,要你拉生意?我帮你点个烟是做好事,怕你自己点烟不当心撞了人。"
司机说:"咒我啊。"
蜜姐说:"我这个人喜欢说穿话。说了就穿了。穿了就没了。说穿说穿,说穿了平安——小孩子啊还年轻啊跟蜜姐学着点儿。"

司机的车子是开着的,不得停,慢慢

地也不得不走远，脸却一直朝蜜姐扭着，眼睛里最后一抹光亮都还映照着蜜姐的影子。蜜姐却早已经收回自己眼神，去满腔热情应酬自己跟前的人。

可是，蜜姐这个黄昏为什么倍加热情地逢场作戏？只有她自己心里明白：她是在和逢春较劲。逢春不肯自己走出来，蜜姐今天就要憋死她。逢春自己犯了错，跑进里屋是错上加错，天黑了都不出来更是错错错。蜜姐只是以为逢春乖巧温顺，却这才发现，原来逢春可不是一般般的倔脾气。

这可怎么办？

十一

　　逢春在里屋的确是憋得太久了，到后来泪水自然干涸了，情绪也渐渐平复了。奇怪的是，到后来，她发现自己并不知道那男子的名字。这个没有名字的男子，好比渐行渐远的影子，在悄然消退。逐渐笼罩逢春的，还是蜜姐。蜜姐平时那么疼她，又那么豁达，今天怎么可能让她在里屋待这么久呢？逢春也没有做出什么太不得体的举动吧？和一个男的眉来眼去激动了一下下，连手都没有碰，姓名电话都没有留，值得蜜姐这么严重生气？何况逢春还替蜜姐赚了两张红票子，蜜姐应该高兴才是呢。逢春还以为，蜜姐很快就会把她喊出里屋，或者她自己进来，冲两张红票子，给她一个拥抱。可是显然，蜜姐不肯饶人。

为什么？逢春悄悄掀开帘子的一丝缝，暗暗观察蜜姐动态。蜜姐的话，她都听见了。蜜姐的举止表情，她也都看见了。似蜜姐与大街上的士司机这样的一些日常戏谑，村言俗语，无伤大雅的打情骂俏，往日逢春根本视而不见听而不闻，从小长大长在这闹市里，都是一个耳朵进一个耳朵出，不从心上过。今天在里屋窥视外面的逢春，却句句都听到心跳，处处都发现了男女，原来蜜姐也有着多少男人的爱慕渴求。而蜜姐的热面冷心，不扫男人的脸面人情，却无有一丝一毫拖泥带水私情，绝对是骨子里头的冷漠冰凉。蜜姐好狠！蜜姐眼睛绝对不跟任何人走，单单只是自己的，就只罩着自己店铺，全心全意自我陶醉地做自己的事情：蜜姐这个女人真是真是有够狠啊！

今天的波折，对逢春震撼太大了。尤其是躲进里屋一段时间里的万千思绪，是她有生以来都没有过的。与其说她是因为陌生男子的爱慕而震撼，还不如说是因为蜜姐处理这件事情的做法和态度。以前人生 30 来年，逢春一直都是小姑狼都是人云亦云被动做人的，直至来到蜜姐擦鞋店以后，她才发觉自己开始主动做人了。而今天跑进里屋以后，有长久的时间这样独自面壁，不得不敏感，不得不思与想，在逢春，也是人生第一次。

最开始，逢春生怕蜜姐跟进来看见她哭。哭了好一会儿，泪就慢慢没有了，逢春又纳闷蜜姐为什么不管她，也不要她出去做活儿。逢春到洗碗池子那边，冷水拍拍眼睛，护手霜从口袋里掏出来，手和脸都擦了一遍。倾听阁楼上，没有人要下楼的动静。又坐在楼梯口，托腮想心思。一面暗暗期待蜜姐进来找她。待在暗处时间长了，暗处慢慢就变亮了。逢春才第一次把里屋看个清楚。一楼原是厅堂，被分割后分隔，剩下一个不规则的小块，是从地上到墙壁与天花板，都堆满家具用品老旧东西，到处烟尘吊吊的，看着都糟心。逢春对联保里老房子并不陌生,但她们家一直居住单位宿舍,房子虽小,也还是一个四四方方的空间啊。据说宋江涛家从前还是大户人家,自家房屋居然被侵占和分割成这样了!这样了她们婆媳也坚决不肯离开。现在的人,尤其蜜姐赚过大钱的本城人,很容易就会去买新房,搬离老城区这种老旧腐败透顶摇摇欲坠的老屋,是人都更容易接受现代化新生活,是人都好个虚荣脸面怕人家笑话你一穷二抠。蜜姐不。蜜姐还不是简单说不。蜜姐还不是简单就这样住着,迁就着,勉强着,敷衍着,不是!从前做街坊邻居的时候以为是,现在逢春深入到擦鞋店才发现:不是!

　　太不是了!

蜜姐明显是在坚守这座老屋。逢春坐不住了，开始在这间不成形状的狭小里屋到处细看和摸索。处处都是蜜姐维护老屋的修缮痕迹。阁楼窗户下面还钉了一只花槽，原来倒挂在擦鞋店空中的一丛羊齿状蕨类植物，不是天生的，是蜜姐刻意种植的。另外还一枝云南黄馨，原来也不是天生的。它酷似迎春，却要比迎春粗放泼辣，哪里都肯生长，又花期长，初春就开出朵朵小黄花来，要错错落落不慌不忙开到暮春去，现在秋天还是满枝条的叶，郁绿的叶，褐色的齿边。逢春一直以为擦鞋店悬挂的这些植物，是天不管地不收自生自灭的，却原来都是刻意与匠心，是废墟里特别艰苦的建树。逢春爬上楼梯半中央，从门帘缝隙里，瞥见了蜜姐86岁的婆婆。老人家坐在窗口喝茶,再把喝剩的凉茶,往花槽慢慢浇水。她尽力地伸长着胳膊,很不容易地浇灌着这些植物。老人每天都会很长时间坐在窗口看大街,喝茶,此前逢春却不知道她还负责浇花。蜜姐,带着她的婆婆,她们就是这样认真的皮实的顽强的啊!如果换了自己,逢春早就放弃这种老屋,怎么也要折腾到新社区去。

此前的逢春怎么可能注意到别人的居住和生活呢?怎么会觉得别人的居住和生活与自己有关系呢?青春得意马蹄疾,一日看尽长安花。年轻人眼睛都长在额头上,哪里会去看花朵的根部和泥土?懂也不懂的。今天是个极大偶然,逢春情急之中跑进里屋，万料不到蜜姐不肯进来劝慰她，倒是让她睁大眼睛看见了蜜姐的笑哈哈背后的真实生活。看着看着，蜜姐这个人在逢春眼中放大着，放大着，而且发出光芒来。蜜姐实在是一个不可思议的女人。过去逢春不明白，这会儿忽然就有点开窍了。逢春的确正是一个乖的女子。她一番将心比心，好生佩服蜜姐。逢春的委屈和苦楚再大，还大过了蜜姐不成？周源再不靠谱，毕竟他活在人世，逢春的儿子毕竟还有亲爹存在。蜜姐的丈夫宋江涛，早就没了！蜜姐上有老下有小都靠她一个人养活和照顾。擦鞋店再红火也就是一个小店！老屋子位置再是在繁华市中心，也就是日益颓废的老屋。年复一年，日复一日，蜜姐居然一直坚持下来了，真的是有骨气！逢春太佩服了蜜姐了！佩服到她回过头来想想自己今天的事，觉得还是自己理亏：先撇开她今天的故事，只说蜜姐，逢春在人家店子里打工，又不是人家得罪了你，你自己倒赌气跑开不干活了？这算什么事？

本来蜜姐在店子里，当面打人脸，辣口辣嘴对付逢春与顾客，又干晾了逢春两个多小时，逢春原本是非常悲愤，非常委屈，非常难受，非常不肯服气的。却不料在这漆黑的里屋，面壁坐坐，倒是因祸得福了：一个女人在生活中经历着、见识着、顿悟着与成熟着。

末了，逢春自己走出去了。似她一股脾气上来比牛还倔犟的个性，原本从后门跑掉也不会自己走出去的。逢春是要蜜姐明白她知好歹了,她懂事了,她认输了。

也就在逢春撩起门帘正要出去的时候,手机响了,吓她一大跳,她连忙去看,是蜜姐给她发来的一条信息:"我姆妈要下楼做晚饭了"。

这就是蜜姐,她甚至都不直接命令逢春出去做工。她就要逢春自己怎么进来就怎么出去。逢春觉得蜜姐就是有狠,就是强大,自己就是胳膊扭不过大腿。这也就是蜜姐,如此洞悉她的心思,又还是先发来了信息,算是给了逢春一步台阶。

逢春掀开帘子走出去,擦鞋店已经是个光明新世界,蜜姐是她怎么都服气,怎么都崇拜，怎么都不愿意离开的人。蜜姐正欢天喜地张罗生意，也不看逢春。店铺里人声鼎沸，人手不够，都没有谁看逢春。逢春也不管么多，就迎上顾客，带到自己的位置，埋头干活起来。

夜是更加亮了起来，华灯大放，霓虹闪烁，大街上电车的两条辫子刺啦啦碰出电光火花，各种流行歌曲在各种小店小铺里哇哇混唱一气，几条大街一片噪音轰鸣，人们感觉这是热闹。蜜姐擦鞋店开夜饭了。里屋的盒饭是老人家料理好了，蜜姐去里头拎出几盒来，擦鞋女们轮流吃饭。照旧是大家都吃完之后，蜜姐与逢春一拨，并肩坐在柜台后面。逢春的饭盒一打开，醒目地又一条红烧带鱼。

蜜姐就嚷:"怎么你有带鱼我没有?"又嚷她婆婆:"姆妈,怎么逢春有带鱼我没有?你好偏心啊!"

老人家还以为自己忘记给带鱼蜜姐了,从里屋出来,夹一块带鱼放进蜜姐饭盒,却发现蜜姐饭盒里分明有着一块带鱼。蜜姐哈哈大笑:"骗你的啊!人家就想多吃一块嘛。"乐得老人家拿筷子头直打蜜姐。逢春忍不住也就跟着笑了。一笑泯恩仇。蜜姐就是厉害:她这就算是与逢春说话了。起和了。今天一番恩怨就算烟消云散了。

一切恢复正常。只把个逢春佩服得一塌糊涂。心里拥塞了好多话,要与蜜姐说。都是全新的话,全新的感觉。

笑归笑。蜜姐却还是一直不对逢春另眼相看，与所有擦鞋女一样，都是一样的老板对员工的那种客气。到了下班时间，蜜姐响亮地拍拍手宣布：下班下班了，大家辛苦了。赶快回家吧，拜拜啊。

擦鞋女们就赶紧收拾自己，往镜子跟前照一照头脸，各自取包包，成群结队往外走。逢春被裹挟其中。逢春无可奈何。逢春想蜜姐肯定会留她下来，她们应该有好多话要说，可是蜜姐绝对没有这个意思。逢春仓皇失措。逢春委屈死了，心酸得要命，脚步还不能不随大家一起走出店外。

蜜姐擦鞋店挂出打烊的牌子，大门缓缓合拢。

十二

其实,蜜姐还是忍不住留了一条门缝,她躲在门缝后面看。

今天蜜姐擦鞋店生意兴隆,大家都很开心。工人下班散去,个个笑着与蜜姐说拜拜。乡下少妇或女孩进城,立马改换头面:一是纹眉,二是染黄发,三是穿吊带,四是说拜拜。蜜姐只不收穿吊带的工人。说她们投错了门子,那应该是去休闲屋或者洗脚屋。其他三样,蜜姐理解。一群土不土洋不洋的擦鞋女,走出蜜姐擦鞋店,走上大街。惟独逢春这个汉口本市女子，是一双自然眉毛，但修去了杂乱溜溜地顺，头发也只打理得熟滑，最重要的是她皮肤保护得紧，洁净细白，瓷一样有光。就这么几个女子少妇在大街上，唯逢春鹤立鸡群，果然有一种质地晶莹的动人。蜜姐愈发发现：原来逢春竟有这样一份与众不同的纯与美！

就在人人都与蜜姐大声说拜拜时刻，逢春没有说，她只无声地出了一个口形，目光却是牢牢看着蜜姐。蜜姐硬着心肠，冷眼对逢春，随口呼应其他人，按部就班地打烊关门。不睬逢春！就是不睬！坚决不理睬，坚持下去纠葛就过去了，问题就解决了，心就会回到从前。坚决不睬！

就这么做着日常的一切，但已经不是日常的一切，蜜姐心都碎了。现在哪里找得到像逢春这么乖的女孩子？没人劝，没人说，没人拉，最后到底是自己主动走出里屋，出来神情已经没有一点别扭和怨恨，一句不得体的话也没有，就只是坐下来做事情，擦鞋飞快，不讨好任何顾客，不搭讪，高贵冷艳，好可爱好惹人疼的女子！也难怪有男人对她一眼情动了。蜜姐多想把逢春一把搂进怀里，好好表扬和抚慰。但是，一个"搂"字，让蜜姐自己肉体和灵魂都阵阵地发抖：不可以的！蜜姐无声地呵斥自己：不可以不可以绝对不可以！绝对，不可以有任何肢体接触！不可以让逢春觉察，不可以让逢春惊醒，蜜姐年纪大阅历多，有责任维持良好现状，有责任首先约束好自己,同时约束好逢春。蜜姐不可以崩溃,不可以泛滥,不可以决堤,不可以让人知道被人发现给自己祖辈父辈丢脸,让自己儿子和老人不能正常做人!男婚女嫁,人之大伦,生儿育女,顺天应地,一代代人,在联保里,都是这样过来,都以此为德,以此为荣,以此为道德律条,街坊邻里相处生活在一起,都是人家过日子,脸面上的尊严与光彩就是命根子。蜜姐又不是十八九岁无知青年,也不是二三十岁懵懂少妇,就算她咬碎牙,也得吞进肚子里。

蜜姐在大门后面,默默目送逢春,脸面上是纹丝不动,内地里心如刀绞,多少念头已经是千回百转,百转千回。

接下来,不管周源是否来接走逢春,也不管逢春是有多么乐意在蜜姐擦鞋店上班,逢春这样的女子,也是不能多留她了。

蜜姐终于重重地关上了擦鞋店大门。她让自己加倍忙碌:清算当天收入,登记入册、钞票进保险柜,盘账。再上楼,与婆婆说了说话,没话也要找话说。再照顾婆婆睡下。再下楼收拾里屋灶台。再看钟点:儿子下晚自习了。再一会儿,蜜姐披了件外套,开门外出,来到门首,一手打儿子手机,一手夹香烟,引颈遥望,直至她儿子出现在大街那头。儿子在一群中学生里头,蜜姐一看走路的姿态就认出儿子,和她死去的丈夫宋江涛一模一样,走路大摇大摆的。儿子儿子儿子!儿子就是一切,就是光彩脸面,就是后继有人,就是比没有儿子的所有人都幸福有牛气都不容小觑的。你有儿子,还有什么不满足的?!蜜姐眼睛不眨地看着儿子走近,她强烈要求自己涌现母爱,上去就拍拍儿子肩膀,又挽了儿子手臂,说:"哥们,今天上课累不累?现在你饿不饿?我陪你吃点夜宵好不好?"

儿子大惊,脸也红了,很不好意思地挣脱蜜姐亲热的手臂,说:"喂喂,今天太阳从西边出了吗?!你别这样啊,别吓唬我啊!"

蜜姐烦了,说:"怎么啦?母爱都不

要吗？我平时没有这么贤惠吗？"

儿子更惊奇，说："老妈你是不是病了？"

蜜姐说："你才有病！"

儿子反过来哄哄蜜姐，说我好饿好饿呢！儿子答应蜜姐现在就一起去吃宵夜，不过蜜姐一定不要对他搞勾肩搭背亲密无间那一套，万一被同学看见，他在学校就惨了。为什么？蜜姐很不理解。但蜜姐是个干脆人，不理解也同意：好吧好吧少啰嗦了。

母子二人大马路上个人走个人的，洋洋地摆手迈步，走得跟兄弟一样。母子俩去了两根精武鸭颈，再跑到麦当劳坐着吃,儿子不好意思白坐麦当劳,还是去买了两根甜筒。甜筒就精武鸭颈,中西结合,就这么怪怪地吃。宵夜完毕,蜜姐让儿子先回联保里对面耕辛里,在家里写作业。蜜姐自己又回到蜜姐擦鞋店。这里摸摸,哪里整整,灰尘擦擦,物品摆摆,至少她可以把满腹心思排解在劳动上,蜜姐擦鞋店明天就会更加光鲜洁净地的开门见人。今天这个夜,蜜姐实在太难熬了。

常年里,蜜姐已经找到了这样一种自我解忧的好办法,就是独自在擦鞋店消耗时间和精力,有时候甚至是通宵。宋江涛去世两年以后,蜜姐开始了这样的生活,天天复天天,年年复年年。在街坊邻居眼里,蜜姐是烹小鲜如治大国,把男人缺失的日子过得勤勤恳恳踏踏实实。当然,也是。但是,也不仅仅是。疯狂劳动是缓解心灵折磨的法宝。所有心思,唯有蜜姐自己知道,只是无可说而已。

凌晨了。蜜姐惦记儿子,准备还是要回一下耕辛里的家。她悄悄开门,悄悄碰上门锁,不能吵醒楼上的老人家。这时刻,大街静了,静如原初,真好。水塔街的夜是她独自的夜。蜜姐听着自己的脚步声,一步步坚实有力地在汉口回荡。这是她祖孙三代的街道,她熟悉得没有一点点怕,只有亲。更舍不得离开,除非死。

蜜姐走出了老远,忽然感觉身后异样。她一惊,回头看:逢春坐在联保里牌坊附近的一只废弃沙发上，垂着脑袋，手里握着一支矿泉水。

这一下，蜜姐傻了。她根本来不及想什么，本能地就奔了回去。蜜姐奔到逢春面前，理智恢复，她厉声喝道："小姐啊，深更半夜了啊，一个人呆坐这里干什么啊！哎呀我的老天爷，真是一个没有见过的倔的！你要干什么呀你！"

逢春说："你到底和我说话了。"

蜜姐张口结舌。她双手一摊，唯有仰望夜空，张口结舌。

逢春站起来，拍拍屁股的灰，满脸期待面对蜜姐。

简直太出人意料了：蜜姐满以为自己已经把问题处理掉了。看来，问题不仅没有处理掉，显然比她以为的更麻烦。

逢春说："蜜姐，我不信你就这么对我。"

蜜姐说："我怎么对你？！"

逢春的委屈大爆发，她说："今天发生好多事，你总得教教我啊。为什么死活不睬睬我啊？我到底做错了什么？有那么严重的错误吗？周源对我这样，难道别的男人安慰我一下就不可以吗？也就是精神安慰而已啊，手都没碰啊，你是道德法庭法官吗？你一个这么新潮的人满脑袋腐朽封建思想吗？又没有耽误你的生意，又没有少赚钱，你想打想骂随便，怎么可以睬都不睬我啊？我究竟哪里得罪你，让你见不得我呢！"

逢春说着说着就哭了，泣不成声，抽抽嗒嗒。蜜姐把她的话一听，反倒冷静下来了，因为逢春还是想着男女的事情。蜜姐倒是好解决。蜜姐等逢春说完，抽了几口烟，说："教教你什么？这种事情还需要我教教？今天这算什么事儿啊？今天的事哪里就够得上男女啊？我说小姐，这不就是一个小小的激情相撞么？不就是一个刹那间的灵魂出窍么？半个小时，萍水相逢，手都没有碰碰，姓甚名谁也不知！风吹过，水流过，都是不再复还的东西。还值得你这等痴情，不过是鬼迷心窍罢了。回去！睡觉！明天早上起来去吃热干面米酒！好了！解决了！"

蜜姐再一次当机立断，把心一横，说完话就毅然下了人行道，大步过马路，奔回对面的耕辛里。蜜姐一直走到到要进耕辛里社区大门了，心就横不下去了，她还是要回头看一眼，以为逢春会跟在她后面回家。夜已经如此深，两三逛荡出来的人，不是醉鬼就是瘾虫，逢春一个年轻女子，就这样呆在大街上很不安全的。这一回头看，蜜姐又被治住了。逢春坚决地不跟上来。逢春又坐下了。还是坐回那只废弃的肮脏的沙发，还是垂着脑袋，手里还是握着那半瓶水。蜜姐站在耕辛里大门口，看着街对面的逢春，叫她也不是，不叫也不是，又知道叫不叫她都是没有用的,逢春就是一副不回家的样子。蜜姐气得就这样直眼睛看着逢春,直到烟头烧到手指。蜜姐恼火地掼掉烟头,用脚尖碾得火星直冒,又大步横过马路,返回联保里牌坊,冲上来就拽住逢春胳膊,把逢春拖进了蜜姐擦鞋店。进去一拉开关,忽地大灯亮刺刺的,把两人眼睛都刺花了,蜜姐急急地又关掉了灯。关掉灯,两人都连接绊脚碰掉好多东西,逢春又叫"把我胳膊拽痛死了!"这一下,蜜姐是真的烦了,她只好把逢春拖进里屋,从热水瓶里,给自己倒了一杯温水,一仰脖子喝干了。坐在楼梯上,抱住膝盖,声音压得低低地,问:"我的姑奶奶!这么晚了你到底要干什么啊?!"

逢春动了动嘴巴,千言万语都堵在嗓子眼,说不出来,忍不住又是泪珠子先扑簌扑簌流下来,她知道这是深更半夜,知道楼上老人家在睡觉,她知道要强烈抑制自己不哭,便是更加难受,喉咙哽咽得厉害,肩头激烈抽耸。

蜜姐说:"好吧好吧。我想起来了我想起来了:我忘记了给你钱!"

蜜姐从自己包里拿出一张百元钞票,递给逢春:这是骆良骥下午给逢春的小费。

逢春不接,哭腔哭调地说:"我又不是这个意思!我不是要这个钱!这钱我不要!"

"错!"蜜姐把弄着钞票,说,"如果

今天你一定要我教教你什么,我只有一句忠告给你:钞票就像婴儿一样无辜,你任何时候都不要拒绝它。"

蜜姐再一次把钞票递过去,严厉地说:"拿去!这是你的劳动所得。难道还真的要我去带你儿子吃麦当劳?我哪有这个时间。拿去拿去!"

逢春迟疑半天,还是接过了钞票。在接过钞票的那一刻,哀求地叫了一声"蜜姐",便抓住蜜姐的手。

蜜姐一下子崩溃:逢春的手,融化了她。

十三

罢罢罢！蜜姐没有退路了。蜜姐只好一不做二不休了。蜜姐想：那就索性不睡了，今夜索性就把问题彻底解决算了！要不然似逢春性情这样痴又这等倔的，还不知道以后会闹到哪步田地？

蜜姐轻轻地但是坚决地，拿开了逢春的手，说："别闹了。

因此眼下的事情，蜜姐是必须拿出决断与魄力，快刀斩乱麻了。主意一定，坐在楼梯上的蜜姐就伸直了腰背，摆出居高临下之势，声音压低仿佛耳语，出语却有雷霆之威,她对逢春说:"从明天开始,你就不用来上班了!"

这是逢春的晴天霹雳,逢春失声道:"为什么?"

"不为什么。"

"我又没有做错什么?"

"等你做错就来不及了!"

"什么意思?"

"你心里明白。"

"我不明白!"

"只要你明白你被炒鱿鱼了就行了。"

"蜜姐啊——"

"别求我。没用的。我这巴掌大店铺里的事情我说了算,没有改!反正你也是演个戏又不可能长做。走吧,回去吧,得睡觉了。以后一样还是好街坊,你常来坑玩坐坐就是。"

蜜姐说着扶了扶手站起来,打了一个大呵欠,拿巴掌直拍嘴巴,是完全不想再说话的样子,她今天的确是累极了。

逢春怎么也想不到蜜姐心肠硬到这种程度。她接受不了。逢春伸手挡住了楼梯口,气得浑身发抖,说:"你!你凭什么这么不讲道理?是的,是我先求你的,可是我也样样都照你说的做了。你待我很好,姐妹一样,奶奶也待我像自家人,我从心里感激你们。可我又做错什么呢?我又那点对不起你呢?我尊重你,处处维护你,完全和其他工人一样地做,我还比她们做得更好,这段时间我的回头客最多这是你知道的。今天我让你有损失吗?没有!分明还让你多赚了钱!你刚才不是说了你的人生格言:钞票就像婴儿一样无辜吗?可是你怎么能够这个样子?翻脸比翻书还快,到底为什么也不肯说就要我立马滚蛋。那我也告诉你:我就是不滚!打工也有个劳动法来保护的。"

逢春的发泄,蜜姐自然是料到的。让她发泄罢。蜜姐疲倦地托着自己下巴,冷冷瞅着逢春。逢春稀里哗啦一大通倾泻出来,忽然也就说完了。止住。天地却似一阵眩晕。昏暗迷蒙中一片静。只闻洗碗池上水龙头一滴一滴漏水声都敲打到有气无力。

蜜姐这才说:"发泄完了?"

逢春无言以对,只是恨恨的。

蜜姐说:"好了。你狠。你有法律。随便你怎样。我可说的话就是算话。你给我回家去睡觉!拜拜!"

逢春绝望的眼泪大颗大颗地滚了出来,她也不去擦,任泪珠子站脸颊上骨碌骨碌地落下来,嗓子也嘶哑了,一边她说:"蜜姐,你再狠我也不服的。明天你就是拿棍子打我出去,我抱着大门也不离开就让你打,除非你告诉我真实原因。就是法院杀犯人也要让犯人死个明白吧!"

蜜姐一听,大叹一口气,只好又去摸香烟抽,她想:真正是冤家路窄!原以为逢春温顺,哪里晓得是一个更倔的,比蜜姐自己还要倔。早知如此,她怎么会答应逢春做工呢?这种倔脾气,蜜姐惹不起还躲得起啊!

蜜姐没有办法了,她说:"好好好!我就让你死个明白。"

蜜姐长长吸了一口香烟,再长长吐出去,酝酿了一个破釜沉舟的语气,说:"很简单:我不能让你在我店子里搞红杏出墙!为什么?道理也很简单:我没脸面对源源和你们两家的父母还有所有水塔街的街坊邻居——这是你逼我说出来的!我本想给你脸,是你自己不要脸!"

"红杏出墙?"逢春说,"我做什么了?就叫红杏出墙了?"

逢春居然不认账!

蜜姐是个吃软不吃硬的人,她被激怒了。蜜姐把香烟一摔,道:"嘿,你还给我之乎者也?他妈的!今天你身子没有红杏出墙,你敢说你的心没有吗?你两个人眉来眼去忘乎所以当我不存在?他平白无故一张张百元大钞送给你就为你擦了一双皮鞋他傻×了?你这样深更半夜不让我睡觉纠缠不休是因为你太热爱蜜姐擦鞋店?不就是害怕我让滚蛋了你就再没有机会见到那人——你在盼他来,你觉得他会再来,你在给自己编故事,你在为自己拍电影呢:你心里那点小暧昧小情调小酸词,还以为瞒得过我?你们没有留下任何联络,就只有蜜姐擦鞋店是你们唯一能够再见的地方,难道不是吗?逢春,我告诉你：我让你死个明白，你也就应该懂得咱俩必须直截了当点到即止。我把你当人，你还做鬼吓人呢。他妈的给我来之乎者也这一套，也不看看自己才几大年纪？才吃过几斤盐？走过几座桥？吃过几次亏？见过几个男女？"

其实逢春的心思都是朦胧的，她自己的确不明了，一下子被蜜姐揭穿，逢春不免又吃惊又羞恼，一时间脸面火辣辣受不了，奋起护短，急煎煎口不择言，书生意气也出来了，说："关关雎鸠，在河之洲，窈窕淑女，君子好逑。几千年前古人就很分明，你懂不懂男女爱慕是一种自然的健康的正常的感情呀！有你这么臭人的感情的么？难怪别人说最毒莫过妇人心，你自己没有爱情，就硬是见不得人家有。我还一直认为你是一个好女人，原来你的心这么毒啊！"

蜜姐没有想到兔急还真咬人。逢春这一下子也戳伤蜜姐心了。蜜姐狠狠一拍楼梯，说："这就稀奇了，你怎么知道我没有爱情？你被宋江涛睡过？你在我们家做小？"

"蜜姐你侮辱人干什么？宋江涛谁不知道他？水塔街谁不知道他？我又不是聋子瞎子？！宋江涛对于朋友来说一个大好人，可是对于你呢？他好吃好喝好赌好嫖，谁不知道？他在窗帘大世界，与那些小嫂子大姑娘公开打情骂俏，摸这个屁股捏那个奶子,你当大家都没有长眼睛啊!"

"够了!"蜜姐喝住了逢春。

蜜姐闭上眼睛,喘匀了气息,摸着楼梯慢慢站起来,披发立在黑暗陡峭的楼梯上,说道:"够了。看你大学生模样,想不到说话也够粗的。我真是小看你了。周源为什么死活不睬你?现在我终于明白了。你把我臭够了没有?这下你我总该两清了吧?走人哪!"

蜜姐说着一掌推开面前的逢春。逢春猝不及防跌倒在楼梯口。蜜姐毫不犹豫从楼梯下来,跨过逢春的身体,兀自往外走。说:"你不走,我走!我怕你好不好?!"逢春受了欺负的孩童般哇哇地大哭出来。

阁楼上的房门打开了。蜜姐的婆婆出现在门口,她叫了一声:"蜜丫!"

蜜姐立刻站住,回身叫道:"姆妈。"

蜜姐说:"姆妈不好意思把你吵醒了。"

蜜姐的婆婆说:"把春扶起来。"

蜜姐迟疑了一下,还是听了婆婆的话,俯身去扶。蜜姐手指刚碰到逢春,逢春自己就顺势爬起来了,口里忙说:"谢谢!"是愧悔的意思,也不再哭,只忍不住抽泣嗒嗒。

蜜姐听从她婆婆的,带逢春上楼。80多岁老人也没有什么多的话语,她就是有一种慈祥是颜面素到没有表情的老人。却原来老人家早就被蜜姐逢春闹醒,早就在为她们作安排,在地板上为蜜姐逢春打好了一个地铺,垫的厚厚两床棉絮,盖的两床薄薄被子,都已放好,房间走路地方都没有了。进得房来,老人家先自去睡觉,上床,脱衣服,躺下,也不肯要她蜜姐逢春的帮助,就自己不慌不忙地睡下了。蜜姐与逢春面面相觑,再无话可说,也不再敢说,只依照老人的意思:睡觉。两人默默呆了呆,坐在地铺上,各人拿手机飞快发了短信,又各人打开一床被子,躺下。两人都躺得心神慌乱,战战兢兢,却又充满意外之喜。

这一天,已经够长。连这个夜,也已经被她们人生漏掉。她们躺下的时候,黎明曙色,已现窗纬,好比她们深藏的心思,在渐渐明朗。

十四

居然，突然，竟然，世事难料，亲密来得如此容易和简单。蜜姐和逢春，就睡到了一张地铺上。逢春是小孩子一样，似乎也还不知道那渐渐明朗的心思是什么，把手往蜜姐身边一搭，哭过的眼睛犯困得不行，又实在累，立刻就睡着，呼吸变得轻柔又均匀。蜜姐今天也是累极了，却无法入睡。逢春就睡在她身边，一张年轻脸庞就如此可爱地侧对着她，蜜姐简直难以相信这是真的。蜜姐既甜蜜又惶恐。生怕老人家识破她的心思。生怕逢春不懂她的心思，也生怕逢春完全明了。生怕自己一不当心，管束不了自己，要把自己的手，也伸过去。老人家也就睡在这里,近在咫尺啊,蜜姐哪怕胡思乱想也都算是辜负了婆婆的信任啊。蜜姐的婆婆啊,这位老人家,总是这样好,总是宽厚得无边无际。对蜜姐从来不计较不猜测不挑鼻子挑眼,硬是要叫蜜姐自己做不出对不起她老人家的事。蜜姐正是个吃软不吃硬的人,这次真是为难死她了。

问题在于,蜜姐不是自己单个人在生活中,不是自己单个人在历史中,蜜姐和她的婆婆,是拥有她们有共同的历史来历,她们子孙三代的来历与生活,是如此紧密交织在一起。也正因为如此,她们才生活得没有嫌隙,不似别的婆媳,一种天敌关系。蜜姐的日子里充满敬重与和美。

她知道何等不易,她警钟长鸣地提醒自己要珍惜。

到底逢春也还是一个混沌无知的年轻人,说出来真是怕吓着了她。逢春父母所在单位市油脂公司,哪来的?蜜姐家的!上个世纪 20 年代初,蜜姐家祖辈就在汉口做桐油,那时候就与外商有做生意,那都是英国怡和,美国福中,法国福来德,日本三井与三菱一些正经老牌大公司。抗战胜利以后,蜜姐的父辈又接着做,把储炼厂都开到汉口江边租界的六合路去了,厉景文经理这个名字,汉口桐油业谁不知道?!是新中国成立以后搞公私合营,政府不断派进来干部,油脂公司不断改制分解,这才慢慢变成了公家的。变成了公家的又怎样？油脂是有技术含量的生意，还是离不开厉家。

宋江涛呢，他们宋家的曾祖父，就是汉口第一家既济水电公司股东之一。宋江涛的父亲，老早就是江汉路邮政局局长。那是什么份量的邮政局？谦虚一点不说全中国第一，也敢说全中国没有第二。那是做着对面整条交通路的邮发，还开辟一柜台专供全中国最牛的书报杂志宣传册。汉口交通路那都是什么名号的书馆书局杂志社？商务、中华、大东、世界、开明、生活、全民抗战，新学识，都是哪些人在交通路办刊物杂志？随便哪一个都是文豪或者名人。

汉口之所以成为汉口，水塔之所以在

湖淌子之中拔地而起，是宋家厉家以及许多家有识之士，拿出自己祖祖辈辈积累的财富，开办水电厂，油脂公司，建筑水塔，建筑了中西合璧的楼房民居联保里，永康里，永寿里和耕辛里，就这样形成了城市。宋江涛和蜜姐的祖辈父辈，开创了汉口这个城市和最先进的城市文化。居民们的深深的信任，就是这样来的。宋家厉家两家的友好亲密，就是这样来的。蜜姐的婆婆对蜜姐的好，以及蜜姐不能够辜负老人家的好，就是这样来的，事事有因，因因都是深深的根，牢牢扎进这个城市的一砖一瓦。

这也就是真正的门当户对。婚姻也好，婆媳也好，最坚实的基础就是门当户对。门当户对哪里只是人们以为的物质条件呢？是家族家门有着同样的来历。

尽管后来一次又一次的战乱，革命，分割，改建，导致了城市的创伤与腐烂，城市中心现在是差不多要烂透了。联保里每一处危墙颓壁每一处破残雕栏，剥剥落落，污水油烟，处处都是难管难收的无可奈何花落去。但是，人不是物！人是会一代代传来下的，一辈辈人的感觉与感情是断不了的。只要水塔街的街巷还在，只要联保里最后一根柱子还在，城市居民之间那种因袭了几代人的无条件信赖就在。那是一种面对面的大义与慷慨，一种连借了一勺子细盐都要归还一碟子咸菜的相互惦记与诚信，是人与人之间的心灵与情感联盟。就凭这份人间义气，将来楼房可以重建，街道可以重修。蜜姐她们坚守市中心老城区，就是相信联保里会重建。就是相信城市必定是城市。为了不让老城区被民工出身的小商贩一点点蚕食损毁，她们不走。她们也变成小商人。她们宁愿苦熬与等待。怕就怕在人间义气彻底散失，街坊邻居可以不负责任，不懂人情，不顾大义。在这里，在水塔街，在联保里，在蜜姐祖祖辈辈创造出来的城市里，蜜姐和婆婆就是守着这样一份人情和大义，就是过得有滋有味有志气，就是邻居街坊没有人不信赖她们。于是蜜姐怎么可以做事情不负责？怎么可以只顾自己不顾他人？不顾她的婆婆以及所有街坊邻居？

这是逢春不懂的。就凭逢春在学校课堂埋头一口气读书十几年然后穿一紧腰小西装，在办公司颠来跑去复印、接电话、发传真发电邮,就能够懂么?逢春不懂,就痛苦少,困扰少,睡得熟。辗转难眠和内心挣扎,就都是蜜姐的了。

待到蜜姐好不容易入睡。逢春睡过一觉,醒了,终究是有心思,睡不沉。

逢春醒了就偷偷看蜜姐,这么近,这么真切,她越看心里越崇拜。怕老人家发现,逢春闭眼假寐。心里决定:她再也不离开蜜姐擦鞋店了。将来她还可以与蜜姐一起,把左邻右舍门面盘下来,扩大生意,做出真正的文化创意来,说不定还很赚钱呢!逢春是越想越美了。

逢春觉得也把自己没有办法了。她无法不跟着感觉走。蜜姐就是有气场,就是有吸引力。逢春虽说是赌气来的,虽说是演苦肉计的,但是生活就是要改变人,生活就是有它的力量。想想逢春的第一天,第一个星期,多难熬。看见熟人要躲眼睛的。头一个月过去,慢慢地,不知不觉,情形发生了变化。逢春手头活儿做得越是利索,蜜姐对她的满意和赞赏愈发溢于言表,逢春心下竟逐渐喜悦萌生。蜜姐想让逢春做重要钟点,逢春心里竟然也生出大喜悦来。逢春让自己父母下午替她去小学门口接儿子,她开始做中午12点到晚8点的工。逢春的父母一百个怨恨周源和周源父母,也没有什么办法,又怕在逢春面前说多了加深小两口的矛盾。逢春的父母是一对老实人。逢春也无法对父母多说话。只因从小他们家父母孩子之间都是不多说话的。逢春结婚之前,她母亲对她说话也就是说个功课如何,考试多少分,在班级与同学要搞好团结,不要单独和男生一起出去,念书就好好念书不要早恋,晚上出门早点回家路上当心坏人。逢春与同学在一起,也有打闹也有几句俏皮话,与她父母在一起,就是一个没有嘴巴的闷葫芦。连逢春出嫁,她妈妈也只当女儿多过了几条马路去睡觉而已。逢春生儿育女,她父母自然也高兴,可也都当一般人间常事,与她还是没有多的话可以说。是逢春来到蜜姐擦鞋店以后,才慢慢感觉到,家庭不一定必须有父母,没有父母的家庭也可以比有父母还知冷知热的。比如蜜姐没有父母,只有婆婆。蜜姐的儿子没有父亲,只有奶奶和妈妈。他们这一家人就是像对方是世上唯一宝贝那般地稀罕。就连逢春来到擦鞋店以后,逐渐也被他们一家人当做宝贝,就是稀罕,就是重要。饥饿冷暖,就是要问,就是要说,就是要知道,知道了才妥帖。这感觉真的是亲啊!

做 12 点到晚 8 点的工,蜜姐要提供两顿饭,晚饭要比较正餐一点。饭菜是蜜姐的婆婆现做现炒。他们只请了一个厨房帮工,老人就可以每顿做好热腾腾的菜饭,按人份一盒盒装好,工人们都说好吃。蜜姐擦鞋店的工作餐盒饭的确特别地好。蜜姐从来不叫外卖的。前五一条街的商铺都叫外卖盒饭,简单方便,吃完把一次性塑料盒子往垃圾桶一扔,不用洗碗水费都节省很多,加上盒饭本身价格便宜得惊人,味道也都是大辣大鲜要人吃的刺激。蜜姐绝对不动心。她坚信只有买错的没有卖错的,越廉价越是地沟油,无论她儿子和婆婆,无论蜜姐擦鞋店几个工人,蜜姐都视为一个大家庭,不是说说漂亮话的,就是实打实每天自己掏钱买菜。蜜姐已经深知健康是世上最重要的东西。奶奶是老寿星了,能够吃到她亲手做的菜肴,那就口口都是吃的福气!蜜姐煽情的本领十分了得。大实话从她口里出来也煽情。人听了就是要感动。蜜姐给擦鞋女的报酬并不多,可是就凭她家的工作餐,就凭蜜姐对她家工作餐的不断阐释、演讲和夸赞,几个擦鞋女都是死心塌地给蜜姐做事。逢春就是喜欢听蜜姐说话。蜜姐就是这么会说话啊。

蜜姐自然享有自家特权，她的婆婆是要给她加菜的，她也单独使用自己的保温饭盒。工人都是先吃饭，工人吃过了，蜜姐再从容吃饭。当逢春来店差不多个把月的时候，蜜姐也给了逢春一只专用的保温饭盒。她俩饭盒一模一样，两层的，只是颜色不同，一个浅蓝，一个浅粉。从逢春有了浅粉色饭盒之后，她的菜也和蜜姐一样，两荤一素里头，有时候会多加一两样私房菜，比如一勺子香椿尖子炒鸡蛋，或者一块红烧臭鳜鱼，这都是蜜姐婆婆自己吃的，都不是大众口味，都是小炒的，老人家也不说多么甜蜜的话，她就是把逢春当了自家孩子，叫她"春"，让她和蜜姐一起吃饭。蜜姐要叫水塔街的街坊邻居，要叫逢春和周源两家的老人都看着：蜜姐并没有轻视逢春。自然也首先是逢春性格乖，做事情用心用力，没口没嘴不搬弄是非，很讨蜜姐的婆婆喜欢。蜜姐当然也喜欢，连蜜姐的儿子也喜欢。蜜姐一家三代三口人，是齐齐地一致。

在蜜姐擦鞋店，蜜姐叫自己婆婆是姆妈，逢春依着蜜姐的儿子叫老人奶奶，又叫蜜姐是蜜姐，是平辈相称；蜜姐的儿子刚满 16 岁，唇周围已经隐约有青森森的胡茬子，不肯让面嫩的逢春占便宜做长辈，又不好意思叫姐姐，就什么称呼都没有，却进出也是平辈的意思，贪玩的时候还央求逢春帮他写作业，二人也会去打个羽毛球认真争一个输赢高低的。逐渐地，逢春与蜜姐一家三口，都不见外，不生分，十分自在起来。连逢春搞点特殊性，蜜姐也能够理解与接受。逢春到底是城市女孩大学毕业出身到底不能与其他擦鞋女平等,逢春干活是必须要口罩帽子工作服的,其他擦鞋女从来没有这个概念。几辈子的城市人与几辈子的农村人,终究有隔。几个擦鞋女总是唧唧喳喳说笑,逢春从不参与的。蜜姐也不怪逢春清高,倒是很有几分赞赏她的。逢春当初是万万想不到,自己在蜜姐擦鞋店倒是得到了好日子和大自在。

不知不觉地,逢春可以大大方方地进店上班了,街坊邻居再过来看她,她眼睛也不躲闪了。周源来不来接走逢春,逢春已经不在乎了。生活就是力量这么强大,周源给逢春的痛苦,就是被逢春的新生活减弱了,这种减弱还在进行,在加速进行，这就是逢春的希望。她在蜜姐擦鞋店过得比此前所有日子都要好。

逢春怎么可以就这样被蜜姐轻易赶走？

怎么可能？

蜜姐是这么喜欢逢春，今天为什么突然发作，坚决要赶走她？就因为一个偶然撞进门来的小白脸？到这里逢春纠结住了，死活就想不通了。想着想着，又要哭。想着想着，又睡着了。

天大亮的时候，蜜姐逢春两个人，都在沉沉梦乡中。

蜜姐的婆婆轻手轻脚起床，她端详了

蜜姐和逢春一会儿。这对孩子，昨夜吵架吵死了。老人家也许什么都明白，也许什么都无需明白。只是又是新的一天了，蜜姐擦鞋店需要正常开门营业，需要老人家出面撑一回了。老人家当然，她会去做的。她慢慢地来，还是做得动的，这样的特殊情况，也不是第一回了。老人家没有叫醒蜜姐和逢春。她自己慢慢下楼，慢慢打开店铺大门，工人们陆续来上班，老人家在柜台里头坐店，衣裳整洁，白发梳理齐整，颜面也白净，如果说繁华市中心的早晨要有太阳，那就是在自家升起的一张有光有亮和颜悦色的脸庞。

这一天也还是人间日子，没有什么过不去的，没什么两样。

十五

翌日，蜜姐和逢春二人，都睡得起不来床。待蜜姐逢春真正清醒过来，已近午饭时刻。二人先是互相看着，迷迷瞪瞪，既不敢相信现实，又不能不相信现实；即不能够说什么，也不知道说什么才好。继而拥被坐起，蜜姐睁大眼睛看逢春，逢春也睁大眼睛看蜜姐。两人都眼睛鼻子还是懒怠无劲，嘴唇干涩，肤色因血气未动又是没有暖意的姜黄，都蓬头乱发草草，乍一看令人吃惊，再一看又被真实吓住，这吓住过后又有些私密的亲近，觉得两人都见了真人真相，便有了一个无言的共同秘密，就不免都笑了。一笑之间，蜜姐已经觉得这就是好时光啊，这好时光分分秒秒正在逝去啊。她冒出了一个主意：为珍惜这一夜，得好好享受和延长现在这一刻。无论如何，别的都不说了，她要善待她们自己一次。

所以蜜姐似乎没心没肺到完全忘记了昨夜的不快，她大大咧咧笑笑呵呵说："今天我们出去吃个饭吧。"

逢春喜出望外，一副受宠若惊小模样，立刻抢着说："我请我请啊。"

蜜姐说："你不要和我争，我昨夜我就说了要请你吃饭，我先说的。"

逢春说："你昨夜说了请我吃饭吗？"

蜜姐霸道地说："说了！"

逢春嚷道:"我怎么不记得?我只记得你都在骂我。"

蜜姐说:"少提不痛快啊!"

逢春说:"好呀好呀,不过真的让我请吧,我要谢谢你收留我,谢谢你对我这么好,我想今天大吃大喝一顿,和你拜个干姐妹,好不好?"

蜜姐说:"拜姐妹没有问题啊。只是别以为我对你有多好,你以后别骂我别恨我,就不错了。"

最后自然还是蜜姐请客,蜜姐说逢春你算了吧你胳膊扭不过大腿的。

逢春笑嘻嘻认了,她觉得自己在蜜姐这里,的确是胳膊拗不过大腿。

二人就开始起床。逢春撒娇,在地铺上伸手要蜜姐拉她起来,蜜姐也就去拉了她,只低垂眼睛不暴露心思。两人一起收拾地铺,棉絮被子都一层层为老人放进柜子,把房间拾掇整齐,再各自梳洗一番,整理头脸,化妆打扮。

蜜姐拿过手机,用手机屏幕当镜子照,说:"我像个鬼。"

逢春也说:"我更像鬼,眼泡肿得像金鱼。"

蜜姐说:"是啊,女人夜里不能伤心流泪,只能快活流泪。"

逢春赶紧问:"啊,还有快活流泪的?"

蜜姐意味深长地看了逢春一眼,说:"说你年轻没经历还不服气,还给我上课,还给我背什么古诗。"

"好了好了,别说了啦!"逢春怪不好意思的,拿枕头去捂蜜姐的嘴巴。蜜姐把枕头推过来,逢春又推过去。两人吃吃笑了,这就闹了一会儿,把昨夜的争吵尴尬,都遮盖过去了。又二人各自打手机:找父母的,问儿子的,问楼下生意的,种种不一,都是家常的呼应打点,琐细庸常,但这就是正常生活的维系,每一天,人都需要来操持,只有时刻操持,一个家庭才能安安妥妥。逢春已经对蜜姐没有任何遮掩,就当面打电话给自己父母,让他们把电话给孩子,与孩子说几句亲热话。逢春的父母是无奈有怨的口气,问周源在哪里怎么不来管孩子?逢春简单说她也不知道。逢春假装不知道父母的烦。周源甚至连自己孩子都不管了,他们小夫妻间,连这种日常维系都没有了,问题真是够严重了。男人冷漠到了这种地步,逢春也不对他人絮叨诉说,也不对任何人抱怨责骂周源,让蜜姐从旁看着,愈发怜惜和喜欢逢春。逢春年纪这么轻,做人其实还真是够大气的。蜜姐对逢春的喜爱,偏是琐碎生活里都有强劲生发,这真是没有办法了。

但蜜姐并没有失去最后的理智。

收拾打扮完毕,蜜姐逢春出来街上,两人面貌焕然一新,都眉毛黑,唇膏亮,头发漂亮。天气是由凉渐至冷的秋了,是夜里下过霜的萧瑟,在城市繁华街区,霜留不下痕迹,只是教人感受到更严肃的冷。蜜姐逢春出门就凭空受到一个冷的刺激,人一收紧,身体就挺拔起来。蜜姐黄的脸颊也透出红来,逢春眼睛一亮,昨夜的红丝彻底遁去,涌出清澈秋水一层,眼眸黑亮如点漆。逢春是牛仔裤,短夹克,特长大围巾。蜜姐是皮靴,长裙,低领毛衫,外罩风衣,当过兵的人,步伐是那样遒劲有力,咯噔咯噔地有精神。两人走在大街上,并肩联袂的样子,抖擞又飘逸,恰就是那些时尚杂志上的一对都市丽人。一路上都有人看她俩,她俩分明知道,就当是不知道的那一种骄傲。她们已经省了早点,要去街上直接吃午饭。

二人一边大街上走一边商议走去哪里？吃什么？

蜜姐做东，逢春是客。蜜姐要由逢春选择饭馆。逢春说："麦当劳。"蜜姐喷出笑来，嘲弄道："麦当劳又不能算饭馆。"

逢春脸说"麦当劳近啊，环境好啊，这边有一家，那边一家民众乐园还有一家，都包围我们了，又好边吃边说话。"

蜜姐继续嘲弄说："就吃吃这种小女生的快餐，能够拜中国干姐妹？"

逢春自嘲道："是有点不对劲啊？"

蜜姐说快餐到底算不上正经请客吃饭，也到底还是没有饭菜好吃。蜜姐说算了不搞民主了就我带你去吃点好饭菜吧。

逢春兴奋得不得了,欢呼:"好哇好哇!"

蜜姐扬手招来一辆红色出租车,她俩坐了进去,司机照着蜜姐指的饭馆去。她们穿街走巷,越过无数人,无数市声,高架地铁无数工地水泥柱子高大得人渺小,马路边有人拉拉扯扯,因电摩托车与小汽车冲突,摩托司机用手摸了自己额上的擦痕,有血举到自己面前看,刹时眼睛瞪得像牛卵子。两个女子怀了一副昨夜风雨昨夜寒的心肠,是这样在城市穿越与观望,就别有滋味细细丛生:想要叹气,想要摇头,觉得这一城市的人都这样活着啊真是无聊、委琐和不值得,更觉得自己要好好珍惜自己，豁达一点，都不计较，要比车窗外面种种人种种地方都漂亮都大方都值得。

待到下车，进了蜜姐熟知的一家餐馆，认识蜜姐的领班热情洋溢地迎上来，领到一个面临山水风景的窗前小台。待到两个女子坐定，平视，目光里满是欢愉和欣悦，万水千山艰难险阻谈笑间已然越过：以前的不好，见不到了。只为今天好。今天必须仔仔细细地过，认认真真地吃。

菜谱自然先给逢春，蜜姐说她想吃什么只管点。

逢春说:"随便吧。"

蜜姐嗔道:"莫瞎说,哪里有随便这道菜?吃是大事,要点最爱的。"

逢春把一本菜谱阅读完毕,抬头说:"好像都爱,又好像都不爱,菜名看上去都好吃,就不敢相信菜端出来好不好吃。"

蜜姐说:"那还是我来?"

逢春说:"你来你来。平常我都是随便的,不会点菜。你带我吃吧。只是不要点太多了吃不完。"

蜜姐听也不再听逢春客气话,啪地合上菜谱,往餐桌边上一推,招来领班,自己吩咐厨房做菜。蜜姐要了一份泥巴封口文火煨的瓦罐老鸭雪梨汤,秋燥么,这是秋天最滋润的甜蜜蜜的汤;冬季里才适合喝排骨藕汤,莲藕要待在塘泥里经霜覆雪以后才真正粉嫩。再一份干烧大白鲷,如今在大城市吃淡水鱼,也只有武汉鲷子鱼是野生的了!野生鱼就是野生鱼,臭腐了都比刚出水养殖鱼好吃千百倍,那完全就不是一个质量!蔬菜来一份清炒菜薹:要铁锅爆炒,切忌大油锅过油的那腻死个人还把菜薹原本的清香去了;也不要辣椒,只起锅时候洒一把蒜花。下饭菜呢,是炒三丝。肉丝、酸包菜丝、苕粉丝,佐料一定要干红椒丝,泡姜片和蒜片。一定,生活就是这样,好味道一定要好原料,假不得的。

蜜姐软硬兼施对领班说:"一定告诉厨师是水塔街蜜姐的菜啊,真正汉口人啊!可别一忙就瞎打发,以为是外地人游客。"蜜姐边说边塞了一张5元的小费在领班口袋里,"菜真好呢,还有酬谢的;菜不好呢,我可要掀台子的啊。"

领班唯唯诺诺地说:蜜姐放心放心!

逢春在餐桌对面,捧着茶杯,已经惊呆,吃个餐馆,蜜姐都是这般好手段啊!逢春和广大青年一样早就自称吃货,可相比之下,什么吃货?纯粹瞎吃而已。逢春说:"哇,好厉害啊!光是听着就口水直流!又没见你做饭?怎么这么有学问啊!难怪大家都说你阿庆嫂,今天果然让我见识了,天啦天啦,你真是一个阿庆嫂啊!"

| 她的城 |

"阿庆嫂什么意思你懂个屁!"蜜姐看着逢春,被逢春的甜言蜜语吹捧得喜滋滋的,尽管蜜姐就知道逢春的确不懂得阿庆嫂究竟什么意思。蜜姐只说:"我的小姐啊,武汉菜多好吃啊!每个季节都有时鲜啊!我今天点的这几样,绝对是深秋经典,只是菜薹还不够正点,下雪了才真好吃,不过也算一盘是头道抢新菜吧。哎呀看来你对吃一无所知,把你生在武汉真是浪费资源。"

逢春就琢磨开了:她想是啊是啊,以前怎么就会瞎吃啊?

及至菜肴一份一份端上来,逢春扑上去就吃,每一筷子都情不自禁要哇哇叫好。她叫道我的妈啊好好吃啊好好吃啊！她在餐桌下面的一双脚，也忍不住要跟着直跺跺。逢春还原成了一个活蹦乱跳的小姑娘。把蜜姐乐得合不拢嘴。二人吃得这般放松又贪馋，就无酒不成欢了。蜜姐说：上酒！

逢春说："我不会喝酒。"

蜜姐说："尽说些没志气的话，酒有什么会不会的！"

逢春说："我真不会喝。"

蜜姐说："喝！酒这个东西，就不存在会不会喝，只有喜欢不喜欢喝，敢喝不敢喝。今天你还不敢吗？"

逢春胆子也被鼓励起来，说："那就——敢！"

| 她的城 |

一瓶百威啤酒,两只玻璃杯到了出来,蜜姐逢春一人一杯。干烧大白鲷是鲜辣的,把逢春吃的一双嘴唇红彤彤满口热气,她也不知道深浅,端起啤酒,咕嘟喝一大口,贪图凉爽,接着又一口把一杯都喝干了。然后拍着自己胸脯,看着蜜姐,觉得自己头不昏来眼不花,自语道:原来啤酒没有问题的。接着主动为自己到酒,又把一杯一饮而尽,蜜姐连夺她杯子都没有来得及。

逢春说:"感觉很好呢。看来我其实有酒量。"接着又吃菜,又喝酒,拍手叫好,说是出娘胎就没有吃得这么痛快这么好,她那一双眼睛,愈发是水亮盈盈的动人。年轻就是在一双眼睛上头。蜜姐对着手机看看自己眼睛,心里涌出沧桑感,把手机反过来,按在桌子上了。蜜姐吃得不多,几筷子菜吃过,就一手酒杯与香烟,只喝酒抽烟,就看着逢春吃。看着逢春欢天喜地,蜜姐享受知音之乐。乐得蜜姐时不时要笑出来。啤酒又上了一瓶。蜜姐要逢春慢慢吃慢慢喝。逢春也不再那么饥饿饕餮,却更兴奋,语调都不觉得提高了一倍,节奏也快了许多,用远比平常悦耳动听的声音嚷嚷:"是的是的,我要慢慢吃慢慢喝,我要学会享受人生!我要向你学习好多好多东西!"

蜜姐摇摇头说肉麻。现在年轻人,就是这么说话,港台语气加网络语气,一股装嫩感,真肉麻。逢春说装老感也肉麻的啦。于是她们就笑就闹。就在欢天喜地中,二人喝了个交杯酒,正式结拜为干姐妹。不过蜜姐不喜欢"姐姐妹妹"这些个词,嫌酸,一切都在心里比较好。逢春也大有同感,又大呼"严重同意严重同意!"逢春乐得都腾云驾雾了。

女人要谈人生了。女人一旦做了好朋友,一旦喝到一定程度,总归要谈人生这个话题。蜜姐没有犯晕,没有腾云驾雾,蜜姐要借人生话题,把握好她们俩关系的那个度。逢春还年轻,对自己个人感情还是迷糊的,也许还是男欢女爱更适合她呢?总之,蜜姐得把握这一切。

十六

酒过三巡，蜜姐开始给逢春讲故事。她讲三个影响她一生的人：一个是宋江涛，一个是宋江涛的母亲，蜜姐的婆婆她老人家，一个是某人。

逢春问："某人是什么人？"
蜜姐说："另一个男人。我不想说他名字。他名字不重要，也不再存在。我只告诉你：他就是我人生的某人。"
逢春说："好吧那就某人。"
逢春就蛮有兴趣了。逢春以为：噢！噢！噢！蜜姐也有情况呢！

宋江涛是水塔街最豪爽的男人，他的豪爽不是一般的豪爽，那气派就简直水塔街是他们家的，只要朋友需要都可以赠人，从街道到住房，无不可以。那时候，水塔街一街的男孩子，有多少在他家吃饭和睡觉。他妈总是用大蒸笼蒸饭。周源就是其中一个。宋家当年在联保里有整整三栋大房子，最后只剩下零落的三间了。就这三间房，朋友结婚没地方，宋江涛挥手就让出一间。这就是宋江涛的无敌魅力。蜜姐与宋江涛在水塔街是青梅竹马一起玩大，两人之间也没有说过是在谈恋爱。就只是水塔街大人小孩都认为他们必然是夫妻。蜜姐16岁被部队招去做文艺兵，消息传开，巷子口顽童就朝蜜姐喊"宋江涛老婆要当兵了！"宋江涛在家里大摆酒宴为蜜姐送行，当着几大桌子的朋友，宋江涛举杯讲话，说："现在搞反了：解放前是妹送情郎去当兵，解放后是哥送情妹去当兵。蜜丫，站起来，我告诉你，就算你这一去千万里，就算你十年八载才回来，我都等你，回来结婚。"就是这样，一诺千金，宋江涛足足等了八年整，30岁才结婚。宋江涛就是这样一个男人，他不容得蜜姐以为自己不是他的老婆，水塔街街坊也都不承认还有什么别人家的女儿比蜜姐配宋江涛更合适，他们是佳偶天成。

不错，后来大家也都知道宋江涛的德行，在汉正街窗帘大世界喜欢摸女人屁股捏女人奶子，对蜜姐不忠。没错，宋江涛就是这样一个人，嘻嘻哈哈，大大咧咧，没心没肺，要身边一天到晚有朋友打围，没有人就心慌，招都要招一大堆人，请别人吃了喝了还不晓得那些人姓甚名谁？窗帘大世界的大姑娘小嫂子都喜欢宋江涛。她们需要帮忙，宋江涛是随叫随到，他死都不要让女人没面子的。问题是蜜姐早就了解宋江涛这德行，早就把什么都看在眼里，早就什么都知道。蜜姐也会不高兴也会烦恼也会寂寞也会吵闹，但她更知道，如果宋江涛哪一天发现自己在女人堆里没有了魅力，他宁可一头撞死。蜜姐完全理解。于是蜜姐可以默认。他们夫妇相知到都无需用嘴巴说的。名义上说是夫妻，最后做成的是知音。

知音到蜜姐也被某人追求的时候，宋

江涛除了爆炸一通,痛苦一阵,后来他居然跑去找到某人,与某人一番推心置腹喝酒谈心,成了哥们。后来宋江涛生了癌症,第一个打电话就给某人,要某人答应他照顾蜜姐一辈子。临终之前,宋江涛再一次要求某人答应他,某人说:"我答应。"宋江涛才放心咽气。这就是宋江涛。他没有更好的机会继承父辈在水塔街的宏业,也算不辱家门是做了一个豪气冲天的人。这个人就是蜜姐的老公宋江涛。如果时光倒流,一切重头开始,宋江涛肯定还是蜜姐的老公。宋江涛蜜姐就夫妻一场,竟从来没有说过"爱"字。他们就是夫妇。夫妇就是夫妇,不可解释,就好比水就叫水,雨就叫雨,冰就叫冰,不能混淆,名称就是本命。夫妻也不见得就是男女。蜜姐和宋江涛,早已不存在男女关系,但他们是夫妻,有共同的儿子和母亲。宋江涛去世了,蜜姐独自也一定要抚养他们的儿子,赡养他们的母亲。原来在中国,夫妻就是这样的,不离婚的,不谈男女的,不顾个人的,就是大家,所有有缘的人,得一起生活下去。

听到这里,好哭的逢春,已潸然泪下。她握住了蜜姐的手,求蜜姐原谅她昨晚臭不懂事的胡说八道。蜜姐淡然一笑,哪里还会计较。

女人的话一多起来,就像放鸽子一样开敞了鸽子笼,一群群鸽子,高高飞出去,又在空中忽地一个回转,飞来飞去,来回旋舞,总是围绕人生这个主题。

宋江涛的母亲，蜜姐的婆婆，被蜜姐在故事中称为"这个女人"。这个女人啊！只能用我们从前在巷子里唱的儿歌来形容她：这个女人不是人，她是神仙下凡尘。她自然也是从大姑娘女学生做过来的，可是对于水塔街街坊邻居来说，她是从嫁到宋家才有的女人，似那董永从天而降的七仙女，又似那许仙的深山蛇精白娘子。汉口市立女中毕业，就在汉口平安医院做病案管理员做了一辈子。若干年里，宋家住房一再被挤占分割；宋江涛父亲跳楼自杀，她都顺其自然，她没有发疯没有发狂，没有哭天抢地，没有自暴自弃。她孤儿寡母不觉得凄惶单薄，她也把儿子养得体面豪爽潇洒就像家中男人还在。儿子拿所剩无几的房子送给朋友结婚一送就再没有归还,她也无一个字的怨天尤人。几十年来是再大再小的事情,这个女人都安静面对,就没有人看见她的惊天动地或者地覆天翻,总是事情该怎样就怎样地顺了过去,不觉得自己有天大委屈。蜜姐有了某人,相好七年够漫长的外遇,这女人分明知道,硬是可以当作不知道一样,连一点脸色都不给蜜姐看,也一句夹枪带棒的话没有。不假装不知道,也不说自己知道。让蜜姐一点尴尬也没有。

蜜姐讲宋江涛,没有眼泪。讲她婆婆到这里,倒眼睛潮红,水花花碎在睫毛上了。逢春泪水就更多了,从宋江涛那里就开始一路流淌过来。

这个女人啊！她不仅不说蜜姐坏话，还尽管把好都放在蜜姐身上。随便给儿子买什么，都是说你妈妈买的。儿子8岁生日，某人陪蜜姐去广东进货，一对情侣就在广州游山玩水，蜜姐完全把儿子那天生日忘记了。晚上忽然接到儿子电话，儿子接通电话就喷喷亲蜜姐，说："妈妈我今天全班最酷，穿上了正宗耐克鞋！谢谢妈妈！妈妈辛苦了！"原来又是这女人背地里做好事，她自己给孙子买耐克鞋说是你妈妈买的，硬是能够把违心的好事做到心甘情愿，不由人不欠她的情！后来宋江涛病逝，只头七一过，这女人就关上房门与蜜姐谈了，说话是极其平和简单，只说"蜜丫你还年轻，有合适的人就不要有顾虑，可以再走一步了。"这可是她自己儿子宋江涛的头七啊,尸骨未寒啊,她就可以这样成全别人。蜜姐把这话一听,就扑通给婆婆跪下了。当时连蜜姐自己都吓一跳:怎么给人下跪了?眼前蜜姐怎么能够离开婆婆去嫁人?!把耕辛里房子带走?!把儿子带走?!就剩下她一个老人一间联保里破旧老房子?在婚姻上,蜜姐是不可以再走一步了!

蜜姐对逢春感叹:"你不晓得这从前的人啊,旧社会过来的老人啊,真是仁义道德!真会做人啊!你再硬的心肠,在她面前都只能化成水。"

蜜姐擦鞋店,原来是这个女人整出来的。是后来一年年过去,这个女人见蜜姐并无再嫁之意,终日躲在耕辛里小家看韩剧日剧,抽上了烟,又胃病重了,瘦得只剩一把骨头,走路随风飘。这个女人,啥也不多问,当时已经80岁,却看世界清晰如面,知道怎么挽救蜜姐。就把她自己居住的联保里的一小块地方,请人重新改建了,自己住上阁楼去,硬是挤出来一个小门面。那两扇面对大街封闭了38年的大门,由一个80岁的老人把它朝着大街打开了!从此蜜姐重新开始做生意。

逢春大开眼界了。许多她苦思苦想猜不透的问题她得到答案了。此一刻,她再想想水塔街联保里和蜜姐擦鞋店,都觉得与昨天完全不同了。逢春再看蜜姐,也觉得与以往完全不同。

蜜姐问:"我有什么不同?"

逢春答:"哇,你好有内涵好有气魄啊!"

蜜姐说:"少肉麻少肉麻,我就是一当兵的人,粗人而已。"

逢春望着蜜姐,两肘子支在餐桌上,两手托腮,目不转睛,似小学生渴求知识,蜜姐的话她一句都怕错过。第二瓶百威啤酒又喝完了。二人都轮流上过两回洗手间了。菜也送回厨房回火了。却稀里糊涂又开了第三瓶酒,两个人频频干杯,碰得脆响,又轻声细语诉说。有男人到窗外假山假水的景点抽烟,都被惊动,频频看她们,她们毫不顾忌,也不看别人,眼里都只有她们彼此。

逢春强烈要求听爱情故事。蜜姐回答："我又没有瞒你,已经夹在里头讲了。"

逢春说："不是三个人吗？这第三个人就只讲了两个字啊：某人。"

蜜姐说："就是'某人'。故事也就是'某人'两个字。这两个字我一生抹不掉,可我把其他情节都抹掉了。"

逢春的追问有一大串：某人怎么追你的？怎么爱你的？你们怎么好上的？某人英俊吗？做什么的？有没有钱？有没有情趣呢？

蜜姐说得简单："就像电影和小说,啥都有一点。但是时间会最后告诉你你真的需要什么。某人最伟大的意义是：

当一个青梅竹马的婚姻无法证明婚姻的无须,那就需要另外一个男人再给予一次证明。"

"我没有听懂。"逢春说。

蜜姐问:"太绕了?"

逢春说:"嗯,又太文学了,不是平时你的说话。"

蜜姐说:"那你就以后慢慢想吧。我就不再解释了。"

蜜姐稳稳地掌控着全局,她很快就把话题转移到逢春身上了。现在轮到逢春讲她自己的故事了。

逢春嘻嘻笑,说:"我白开水,没有什么经历,你都知道的。"

蜜姐说:"那你给我说个实话:你和源源到底怎么回事情?"

逢春愣住了。逢春越是发愣不说,蜜姐越发觉得蹊跷。最后逢春拿不准地问蜜姐:"如果我说出来,算不算损害他的名誉?"

蜜姐说:"这怎么能算?这是咱们姐妹俩说私房话!绝对不能对任何第三个人说的!"

逢春点头同意,想了想,又傻笑,借着酒喝得高,把从来没有勇气对任何人说的话,就说出来了。逢春伏在蜜姐耳朵边,悄悄说:"他不喜欢女的!"

蜜姐立刻坐直了。蜜姐大拍脑袋:这

可是蜜姐从来没有想到的。可蜜姐又觉得正是这么回事。这个从小就唇红齿白的男孩儿,多年来一直都那么粘糊宋江涛。只不过大家从来都以为那是哥们义气啊!逢春又伏了过来,添了一句:"自从儿子出生,他就没再和我一起。"说到这里逢春不好意思地把脸捂住,半晌才从指缝里露出眼睛看蜜姐。

蜜姐不敢与逢春对视。她狠狠捶了几下自己额头,说:"对不起,逢春!我哪里想得到这个啊!昨天那小白脸的事,是我对你太狠了!"

"没事啊!我不怪你啊!就在联保里,街坊邻居都盯着,流言蜚语随时会有,你是对的啊!"逢春说。

　　逢春就是这样乖巧温顺,蜜姐真是受不了。至少蜜姐也得让逢春多一点经历,多一些经验,来证明自己的感情啊,这不正与她自己一样么?蜜姐歉疚地拿手去摩挲一下逢春的脸颊,逢春闭上眼睛承受,又按住蜜姐的手,不让这手离开,久久地捧住她的脸。逢春好像在说梦话,那样轻,那样虚,几乎是没有声音地说:"没事啊。主要是我们不想要任何人知道,外面知道了,孩子将来怎么做人?我不怪周源的,他自己好像也是从前糊涂慢慢才明白的。我只怪他瞎混混不好好上班工作挣钱。我们说好了都尽全力抚养孩子,他还发誓他要好好上班赚钱养家。他却说话不算话,我只生气这个。爱不爱都无所谓了。"

蜜姐说:"傻丫头,你太幼稚了,这可不是没事的啊!活着么,爱总是要的!只是你得设法找到属于你自己的爱。也许昨天的故事你还是应该经历一番。否则你永远以为爱是无所谓的。"

逢春说:"昨天我觉得只是一个恍惚啊,似乎已经没有什么感觉了,各种因素造成的吧?蜜姐你认为是爱?"

"不!我只是认为你需要经历。没有经历是无法鉴别的。"

"蜜姐你真好!"

逢春热泪涌出，濡湿了蜜姐的手指，也濡湿了自己的手指。蜜姐将自己的手慢慢抽了出来，望着别处，用沾满逢春泪水的手，去点香烟。借着吸烟，蜜姐不让逢春看见地舔了舔手指上的泪水，咸的，生命之味。

餐馆电灯亮了。外面挂的红灯笼也亮了。这是下午走向黄昏时分，阴天里十分缺少光亮。恰是这温温的灯光最合适两个女子心情，两人就像失散了多年的亲人，在某个深夜里重逢。两人渐渐注意到她们的手，是这样亲密无间地缠在一起，忽然就害臊了，又赶紧散开，心里都觉出一种颤抖。两人都无话了，都腼腆起来。

逢春说出了憋着心里的话，畅快了，捧起酒瓶咕咕地就把剩下的啤酒当水喝了。逢春喝了她有生以来最多的一次酒。她把自己喝倒了。逢春终于歪在火车座上，脑袋靠着窗框，竟睡了过去，还打起小小呼噜。蜜姐就这样一直看着逢春。又让领班找来一件工作服，盖在逢春身上怕她着凉。餐桌收拾了。重上一壶热茶。蜜姐一杯杯喝茶，对着手机屏幕，涂了口红，发现自己涂口红真是白涂，紫色的嘴唇是口红遮盖不住的。她兀自苦笑笑，手指抹掉了口红。

两个女人的一顿饭，口口吃的都是心思，是好生漫长。

十七

翌日中午 12 点，逢春一如往常，按时到蜜姐擦鞋店上班。从耕辛里出来，横过前五大街，就到联保里。逢春看见老人家在窗口，端一杯茶，面对大街，瘦小身子，白白净净的脸，也没有特意笑，就是慈祥。经过了昨天，逢春今天看老人家就是凡间的观音菩萨，凡人有生老病死，但也是菩萨。逢春看着心里头就得到安逸。

蜜姐坐在店内，一如往常做生意。逢春进店，二人相视一笑，面子上都轻描淡写，却只她俩觉出她们有一份深情厚谊。

下午才三点钟,蜜姐站起来,响亮拍拍巴掌要大家注意,她忽然宣布,说是她家里今天有点事情,要提前收工了:马上打烊。蜜姐就是细心,她要大家放心:底薪还是按照全天发给。这是突如其来的喜讯,擦鞋女个个喜出望外,便赶紧收拾工具盒。

逢春纳闷了。她们昨天还在一起吃饭。今天上午还互通短信,笑问对方酒醒了没有。似乎蜜姐家里没有发生任何事情啊。只因过去两天,生活里猛地一个跌宕,大悲大喜大吃大喝大哭大笑,都是她人生的第一次,逢春还是个蒙的。这下更蒙了。直到蜜姐过来提醒她说:喂喂,大家都走了,还不赶快脱下你这身包装?!

逢春说:"我能不能知道你家有什么事啊?"

蜜姐说:"脱脱脱,到里屋去,换身正经衣服。出来我就告诉你。"

逢春正在里屋脱掉工作服口罩和手套,就听见店铺里一阵人声响动是有客来了。忽然又觉得耳熟,便赶紧跑出来,跑出来就一阵浓郁花香扑鼻,只见蜜姐在应酬骆良骥,正看着骆良骥递上来的名片,骆良骥正给蜜姐点香烟。蜜姐眼皮都不抬,只努起嘴唇,香烟头子自会接火。一只巨大鲜花花篮,放在柜台边,是多头香水百合、红玫瑰和康乃馨什么的,其中几只红掌,朱红到了极致反而红得呆滞像塑料,一篮鲜花显得土。

逢春突然收住自己脚步，人就静在了那里，一双眼睛惊奇万分又似小女孩清简无邪。这里骆良骥也是猛地抬头见到逢春真人真面，一下子不相信是她，分明也知道就是她，却她又这样超过他的印象与想象。前天逢春一直蹲着不觉得，现在忽然站起来是这样高挑，短短的夹克掐得腰部细细只盈盈一握，夹克是黑，里头毛衫也是黑，脸就是分外明丽光华，叫人感觉皎月当空，却不知道怎么赞才是好。

蜜姐出来打破僵局，她说"我来介绍一下吧，这是逢春，这是骆良骥。"

从此大家就都知道了姓名。

逢春这才会说话了。她说："你怎么来了？"

骆良骥说:"我昨天下午就来过,说是你休息。老板她昨天也不在店里,是她要我今天来啊。"

逢春还是懵的,说:"她怎么会要你今天来?"

蜜姐笑吟吟插嘴道:"我怎么就不能请他今天来一来?"

骆良骥也笑了,好像与蜜姐是同谋。只逢春觉得笑不出来。逢春就那样地呆着,面孔静静的,不能适应这样的突然见面。

逢春显然就不是一个什么擦鞋女了。显然就是一个靓丽时尚的城市女孩了。骆良骥经不住面前女色是这样出乎意料的美，本来事先预备好要伶牙俐齿的也一下子拘束口拙，左右都不是，没有一个自在。他今天还特意穿了一套更加大牌子的西装，出门照镜子，觉得自己帅，肩膀是肩膀的平阔，腿是腿的笔直，为此他还去做了一个美发来匹配。此时站在逢春面前一发拙，他西装也觉得穿错了，身子发紧，发型也耸得过分，又太油亮会显脏，哪里哪里都有破绽，哪里哪里都是不对。骆良骥怎么就觉得逢春一定看自己不如她的气质好，要不屑的。原来男人在自己喜欢的女子面前一自卑就紧张，一紧张首先也是要怪自己衣服不对。

蜜姐不管他们。蜜姐自己要做磊落人，要做明亮事。她安排骆良骥先坐一坐喝喝茶,要逢春跟她去里屋单独说个话。逢春跟着蜜姐走进里屋,蜜姐脚步没有停下。屋子小,里屋说话不关风,蜜姐带逢春径直穿出后门。后门一出,她们劈面见到长长的弄堂,是联保里最糟糕的部分:路面到处开裂,污水横流,窗户防盗窗上糊满黑色油腻还在突突冒出油烟,也不知是多少年的灰尘蛛网包裹着电线沉沉下坠,丢弃的马桶痰盂和竹床都坏在门前路边,几只盆花也早已经枯死无人收管,二楼横拉竖扯的绳子上挂满各种晾晒的衣服,此处滴水彼处滴水,厚厚鼓鼓的海绵胸罩完全不顾个人隐私地当空挂下来,一下一下蹭着骑自行车人们的头顶上,那是一些收购旧电视机洗衣机电脑的男人灰尘扑扑的头顶。蜜姐和逢春都赶紧收回自己的目光，表情依然是司空见惯的表情，心里却总还是一阵刺痛，谁愿意自己居住的城市是这般模样？谁在这里坚守不需要百倍勇气？蜜姐毅然挥挥手，仿佛要将眼前挥了开去，好定心说话。

蜜姐把事情来龙去脉简单交代给了逢春。骆良骥昨天下午来过店里，当时蜜姐儿子给蜜姐发了信息，那是逢春喝高了正睡着餐馆椅子上的时候。蜜姐让儿子告诉骆良骥今天下午三点半再来。蜜姐今天对逢春是耐心和周到的了。

"该经历的，你躲不开。"蜜姐说："这个人一眼迷上你，天天来店里找，在我们水塔街家门口这样子，很快就会被发现和传开，对大家都不好。你两个人这样子是不对劲的。躲躲闪闪鬼鬼祟祟更不利于互相了解，不如干脆正常交个朋友。人有时候一旦认识了，了解了，就发现其实了两人啥关系都没有。逢春啊，你也阅历太少，人际交往经验太少，被欺负和欺骗了都懵懂无知，也不会处理，也是应该多有些经历才好。今天，我给你们当做普通朋友互相介绍了。从今以后就全靠你自己把握了。我可把丑话说在前头：别一上来就上床，就是男女那一套，先做普通朋友。听清楚了吗？

逢春立即答："嗯！"

逢春哪里还有别的话？蜜姐为了她，

这一番绞尽脑汁的高瞻远瞩，安排得合情合理，是逢春做梦也做不到的。她昨夜还沉醉酒中什么想法都没有只是甜蜜酣睡，她以为蜜姐也与她一样呢，哪里知道蜜姐暗中设计布置好这一切，蜜姐这个女人，真是有狠。

蜜姐说："那你还发愣干什么？去吧。"
逢春说："蜜姐！"

蜜姐赶紧用一根手指按住逢春的嘴巴，说："拜托！千万别谢我！你这一谢搞得我好像在拉皮条了。告诉你，我之所以这么处理，首先是在保护我自己。我得在水塔街做人啦。"

逢春不动,又叫一声:"蜜姐!"

蜜姐:"去吧去吧,人家等着你呢。交朋结友做事情不能太离谱,互相要有个基本的守时应答。对这个人你还一无所知呢,也就是交个朋友而已,喝喝茶,说说话,吃吃饭。不要以为一个男人爱慕你一下他就是王子你就是公主了,世上没有那么多童话,社会很复杂的。好了,去吧。"

逢春还不动,说:"蜜姐,怎么我就觉得已经没有什么感觉了呢?我们昨天不是把这件事情处理掉了吗?为什么在你面前,我觉得我真的很傻。"

蜜姐说:"是傻!"蜜姐见逢春不动,自己先就返身进了屋里。

逢春追上蜜姐。急切地告诉她:她的感觉真的是完全变了!刚才一见骆良骥,逢春忽然非常异样,和前天下午擦皮鞋的时候完全不一样。骆良骥前天坐着很高大,现在站着倒矮小了许多。现在一身华丽的笔挺西装,让逢春看到的是他好喜欢显摆。又是油头粉面的,不如前天头发干净爽利的好。就这前后两天,时空一个转换,逢春已经觉出自己前天的梦幻入迷是幼稚得可笑。

"蜜姐,不如你替我把他打发走好不好?"逢春说。

蜜姐坚决地摇头。蜜姐问逢春:"别的都是废话,你自己事情自己处理。你只说就你现状而言,假如你和周源离婚,带这么小一孩子,自己又没有稳定工作和收入,你需要不需要再嫁人?如果是一个各方面不错的高富帅,又主动追你,你会不会动心?不用想,你直接把心里感觉告诉我。"

逢春只得承认:"可能会的。"

"那不结了?!那就去吧。"蜜姐冷笑就忍不住流露出来了。是啊,逢春这单薄的双肩,怎么挑得动自己的真情真爱?还是要先随俗的好。现实中的孩子要养,家庭要建设,父母要交代,街坊邻居要面子,自己要一个男财女貌,现在社会就流行这个。

逢春犹豫了。是啊，也许呢。也许骆良骥果真是一个好男人呢？也许他们的交往会有好结果呢？那么她孩子不就有一个称职的爸爸了？以骆良骥对一个擦鞋女的一见钟情，他应该是够真情的够浪漫的。骆良骥的事业有成身家不菲，现在社会哪里不是一大群靓女追？逢春又觉得骆良骥这个男人也算是难能可贵，只从前不信有这样的男子，以为只是影视剧在胡编乱造，眼前也还是不信，既然蜜姐又支持，那么就试试看？逢春的亲朋好友都是普通人都在默默无闻地上班下班口袋永远缺钱，尤其老公周源又是这样一个说不出去的男人，逢春内心深处，的确渴望有一个崭新世界为她徐徐打开。可是这个崭新世界究竟是什么？在哪里？逢春又实在拿不准。对于逢春来说，她人生中出现了一种全新的状况，全新的情绪，新到她自己都如此生疏，模糊不清，犹豫不定，踌躇不前。

蜜姐索性推了逢春一把。说："又不是去赴汤蹈火，不就是交个朋友么？"

蜜姐看逢春一身都是怜惜，那是她自己年轻的影子：30来岁的女子，最是苦闷人生阶段——六七年的婚姻，刚够发现老公不是恋爱中那个人，却膝下已经拖了一不知母苦的童孩。爱情究竟在哪里？不知道。机会是否真的来了？不知道。别人说，又还不信。都必须靠自己去经历去摸索。只是对于逢春判断骆良骥"事业有成身家不菲",蜜姐提出最直接的一点忠告:别让男人给骗了钱。

现在社会很可笑的是许多男人其实是在骗女人的钱,利用女人对爱情的信赖。所以逢春你给我记住,任何时候,你都绝对不可以倒贴钱的!

蜜姐说:"我请你认真记住我的一个警句格言:钞票不会表示爱你,但是爱你的人一定会用钞票表示。钞票也不会表示不爱你,但不给你钞票反而使劲拿你钞票的人,一定爱的不是你。"蜜姐从自己银包里拿出一叠钞票和一张收据,说:"比如,你在我这里打工,我们亲如姐妹,我就可以不发你薪水么?有规矩的!不可以的！男女关系同样！"蜜姐似乎顺便提起来的那样轻松，说："来来来，这是你的薪水，到今天为止全部结清。你数一数，签个字。以后就不用再来上什么班了。"

逢春心头一震，终于她彻底懂了。蜜姐还是辞退她了。蜜姐压根儿就没有改变她的决定。只是蜜姐的方式改变了。结局拐了一个弯，还是来了。看来要来的结局总归是要来。蜜姐这个女人啊！真的好狠！

不过现在，逢春再不会吃惊和哭闹了。也就一个昼夜，逢春也彻底改变了。她是得离开蜜姐擦鞋店了。联保里就是联保里。水塔街就是水塔街，汉口就是汉口，一个城市的居民之间,约定俗成的规矩就是规矩,违抗没有意义,会伤害很多无辜的人。蜜姐对逢春,也算够义气的了。

逢春默默接过钞票,没有去数,囫囵塞进夹克口袋,囫囵在收据上签了自己名字。蜜姐只看着,拿过收据以后,摇摇手算是再见,就兀自登上楼梯,到阁楼间去了。

逢春一直目送蜜姐进阁楼。阁楼房门一开之间白光一闪,里屋又黑了,万物归于静,仿佛鸿蒙初开,逢春见到了一个真的世面。逢春定了定神,掀开帘子,走进店铺,与骆良骥打了一个招呼。生活不由人的,逢春必须开始她新的经历。

十八

女人两个好朋友，与男人不一样，说是朋友真不够恰当，就只能说是闺密。朋友还有缝隙与距离，不管多少年距离或多大小的缝隙，都可以忽略不计依旧还是朋友。闺密是如胶似漆的，但又不是男女性爱的那一种，不在身体上与本能上，不会有私心羞惭，就是互相要对彼此好，要互相照顾与帮助，要互相诉说与倾听，女子力气弱，要一起协力对抗内心的苦痛与纠结，还有男人带来的种种麻烦与打击。闺密情谊真正有义薄云天气概，互相之间不隐藏秘密，无话不说，连她们男人，也都是她们话题,如何养好儿子管好丈夫都会互相出主意想办法,像是共同义务与责任。又会细腻到丝丝入扣,天天有信息,经常要见面,一个人吃冰淇淋都不甜。男人再亲,是她们的儿子,丈夫和父亲,她们自己就是一个整体没有外人。

蜜姐和逢春,最后就成了这样一对闺密。

这是初冬天高地远的一个好天气,太阳明亮如斯,城廓处处风平浪静,世界被晒得暖气洋洋。在这样的天气里,汉口江滩最是好地方了。午后时光,蜜姐逢春来到了江滩,二人并肩漫步,穿过层林尽染的秋色,坐在江边看水。太阳照着江面,波光粼粼那么华丽耀眼。一江雄浑的水缓缓流动，载各种船只从容行走，汽笛一两声拖出长长的浑圆的音，都叫人身心能够安静。园林工人正在为防浪林伐去树梢，留下一片片树干，树干又用石灰一律刷白，整齐得威威武武。

看着看着，蜜姐说："威武！"当兵出身的人总还是喜欢队伍的感觉，她拿起手机拍了两张。

逢春说："是啊威武。"却说："我还是没有心情拍照。"说完，逢春又发出一声叹息，又说："这段时间，我落了一个好叹气的毛病。"

蜜姐只笑笑，不说话。她知道逢春正

经历着与骆良骥的交往,经历着人世间的种种曲折迂回跌宕起伏,无须问结果,都是好事情,男人女人,都需要长大和成熟。逢春交往骆良骥,蜜姐私心里也还是吃醋和难受的,只不过她死都不会表露出来。所以蜜姐从来都不问逢春他们的交往细节。逢春要说,蜜姐都不准。她真的不想听。她对男人已经没有兴趣。她只愿意和逢春,做一对完全真诚的好闺密。

远处传来一记一记响鞭声。那是打陀螺的人们。武汉人酷爱打陀螺。一年四季都会聚集在一起玩。周源从小到大都迷恋打陀螺。从前宋江涛也打陀螺。周源跟着宋江涛玩。都只道周源爱玩而已,其实是迷恋宋江涛。这般情谊,是都不敢说的。

都有意无意瞒住自己也瞒住他人，到最后却苦了一个叫逢春的女孩子。

这一天蜜姐和逢春来到江滩，也是有心要会会周源的。周源现在几乎每天都泡在江滩，和一群男人打陀螺。逢春离婚的决心，终于下定了。蜜姐也支持她，这种不是婚姻的婚姻，到底还是早一些散了的好。没有比父母冷战、长期分居、恶语相向对孩子更糟糕的家庭环境。逢春现在终于认识到了这一点。为了孩子，也得尽快离婚。

江滩中部有一块平坦广场，人群众众，一圈一圈地，人们都在打陀螺。陀螺有各种大小，鞭子有各种长短。鞭子的抽打声霹雳闪电，声势壮阔。玩陀螺的多是壮汉，老少喜欢蹲旁边观看，都不作声，只听鞭子响，只看陀螺转，个个津津有味，乐此不疲，是他们自己觉得有说不出的意思在其中。蜜姐逢春逐个圈子寻找周源。

逢春看了半天，没情没绪说："只一个陀螺转地上转，这有什么好玩的？"

蜜姐说："好玩就是好玩，不问有什么没什么。"

逢春说："你从前也蹲在旁边看？"

蜜姐说："是啊。"

逢春说："真的那么好玩？"

蜜姐说："你看你吧？实话说，托个人身都不好玩！好玩不好玩得看是不是跟着有趣的人。我跟的是宋江涛啊。"

逢春说:"啊,是的是的。你有狠!"

说话间,她们几乎同时看见了周源。逢春还没有离婚的老公周源,完全是个单身帅哥的感觉,光着上身,骨架匀称,肌肉结实,一袭低腰牛仔裤,挂在胯上,是耻骨都几乎要暴露出来的性感,又面容俊秀,神采奕奕,挥洒自如,又依旧不改儿时的唇红齿白。周源独自抽打着一个45斤重的大陀螺,几丈长的鞭子,紧紧握住手里,举臂挥鞭,又稳又有力道的一鞭抽过去,陀螺被抽得疯狂飞旋,疯狂飞旋,身不由己,似一个中了魔停不下来的舞者。周源提着长鞭,立在旁边,注视着它,就像主人看着自己奴隶。围观周源的观众最多。周源的自我感觉一定好极了。

蜜姐遗憾地说:"说实话,源源真是风流倜傥一表人才啊!"

逢春说:"是的。"逢春说话也还是眼睛一红。又把手机拿出来,要蜜姐给她拍个照,身后背景就是周源打陀螺。逢春说:"这辈子与他,总要留一张真正的合影,算是告别照。"

蜜姐说:"别这样啊!拍照就拍照,用不着搞得这么悲惨。你们又不是什么真夫妻,天生没有夫妻缘的,就当街坊邻居合影留念。"

逢春说:"就你会想。也是,好吧。"逢春就装坦然,拍照时候,面对镜头做了一个 V 手势。

蜜姐拍完照，周源发现了她们。周源第一个反应是要跑过来，才跑两三步又止住了自己，只朝她们摆了摆手，算是一个会意。逢春也拿手摇摇，算是给了周源一个回答。这对夫妻，没有办法，都只好朝自己喜欢的地方走了。

蜜姐一心要冲淡这种阴郁气氛，也是一心要推动事情发展，她是不会白白与人会面的。蜜姐便兴头头跑过去，说是要玩一把。周源笑着递过鞭子，蜜姐袖子一挽，起拉开架势，也抽得像模像样，飒爽英姿的。

周源发出由衷喝彩："好！"
蜜姐说："好吧？咱看来还是好汉不

减当年勇嘛。"

周源说:"那是啊,蜜姐打陀螺的老祖宗哦。"

蜜姐说:"宋江涛手下长大的小屁孩,现在长大了啊,能耐了啊,我短信你都不回,人也不去接,自己倒是玩得昏天黑地。"

周源一脸无辜:"短信?我从来没有收到过你的短信啊!蜜姐你什么人,我敢?天打五雷轰的。"

周源别的都不提,只发誓没有收到短信。又把别在裤腰的手机拿出来,递给蜜姐。

蜜姐说:"我要你手机做什么?无聊!你小子就不要躲闪了,老祖宗啥都知道,你得定个时间,你们一起去街道办事处作个了断。"

周源聪明,瞥了远处站立的逢春一眼,说:"好!时间她定。"

蜜姐点点头,把鞭子丢给周源。周源没事人一样,接过鞭子乐呵呵的。

逢春过来拉拉蜜姐,说:"走吧走吧,跟他有什么说头?!"

周源对逢春说:"什么说头不说头啊?我答应蜜姐了,你给个时间就去办嘛。"

逢春说:"那你也要来找我,专门谈谈具体事啊。哦,就在公园,碰巧遇到,一大群人在玩陀螺,你顺便说声随我便?世界上有这么草率处理家庭问题的吗?"

周源瞪着白眼，没话说。又不自在了，频频回头瞅那些等着他玩陀螺的朋友。蜜姐出面打圆场了。她推推周源，说："现在先去玩吧，回头好好想想逢春的话。再好好商量一下孩子的事。"又挽起逢春胳膊，说："我们也去玩吧。公园是玩的地方，这么严肃不合适。"

蜜姐与逢春胳膊挽胳膊，带逢春漫步江边去了。周源自然也就跑回去，继续玩他的陀螺，一干众人，也都兴兴头头看他打。这就是生活。内中有多大不幸与悲哀，面子上也就是这样的纹丝不动。好比长江，漩涡都在深水里，水面只是平静。

蜜姐和逢春沿江逛着，闻着樟树阵阵

的香。江边有个妇女来放生乌龟。几男子拢去,建议她在龟背上刻字,刻上"放生"二字,他人再次抓到了,就不会杀了吃掉。妇女想了想,说:算了,不刻,就放生。有男子就半调戏半认真说:你好不容易十几年养个好大龟,还该多刻几个字:"杀放生龟者死"。人们笑成一团。妇女也笑呵呵但不再理睬他们,自己捧着龟走上沙滩,郑重朝水边去。

蜜姐说:"呸,男人就是下流。"
逢春不懂,问:"哪里下流了?"
蜜姐嘲笑逢春道:"你呀,也算结了个婚,生了个子,真是白白结婚生子了,连'养个好大龟'都不知道是流氓话?"
逢春忽地明白了,突然就笑了,恨恨

道:"他妈的臭男人!"

一会儿过去,逢春又笑不出来了,总一副闷闷不乐的眉眼。

蜜姐带她走来走去,寻到了那一片巨大的阔叶意杨树林。这是她们的树。她们小时候常来滨江公园玩耍。蜜姐年纪大,先来玩过。逢春年纪轻,后来玩过。先前汉口的小孩子,没有不来滨江公园玩耍的。她们伏在树干,上捂住眼睛,玩做迷藏。放风筝。打陀螺。捉知了。谢天谢地,这些个大树,居然在大砍大伐大拆大建的急风暴雨中,被保留下来了一些。现在它们更是老根虬结,高大阔展,直指苍穹,顶天立地,大树下有一只靠背椅,人坐下,显得小小的弱弱的,仿佛这些大树就是要护佑人一样。蜜姐逢春坐上了靠背椅,躲进了森林一样,意杨阔大的树叶左一下右一下往她们身上落,连落叶的声音都是脆生生悦耳。两人放眼望长江,望长江大桥,望一片片树林,一艘艘轮船,天地辽阔,爽朗泰然。有心思难受,这样望望,人会觉得好许多。

许多心里话,不能深入说,说说就触痛,说说就不得不躲避。但两人又喜欢在一起说话。于是蜜姐和逢春,总是故意地一搭没一搭瞎聊。

蜜姐说:"逢春你喜欢武汉吧?"
逢春:"当然。"
蜜姐说:"那你说说看,武汉这个城

市最大的优点是什么？"

逢春想了半天，说："大！是个真正的大城市。"

蜜姐说："对的！可是，我感觉还应该有更加精确传神的词来形容它。"

逢春说："是啊。"

蜜姐说："还真他妈找不到一个合适的词。"

逢春说："就是啊。"

两人都使劲地想。不过，其实只有蜜姐真的在使劲想。逢春老是走神。逢春正在度过一个愁肠百结茫然失措的人生时刻，周源让她伤心，骆良骥似乎逐渐让她失望，工作也很难找，她刻刻都难熬，她只想叹气，又只想哭，又觉得没有什么大不了的事情,自己应该忍着点,应该学会开心,学会享受人生。可是怎么样开心怎么样享受人生呢?她又不知道。

蜜姐终于想出来了。蜜姐拍拍巴掌,来劲了。"喂喂!"蜜姐说:"来,逢春,我跟你打比方吧。比方在我店子里,只要顾客想买什么,我什么都卖,我就给他两个字:敞——的!"

蜜姐说:"我请朋友吃饭,他们假装威胁说:瞎点菜了啊。我也就给他们两个字:敞——的!"

蜜姐说:"我对我婆婆报恩的方式,没有甜言蜜语能够说,我只说你都是八九十岁的人了,你想吃点什么,想穿点什么，想玩点什么，想都不要想钱的事：敞——的！"

蜜姐说："我儿子，我给他也就是只能两个字：敞——的！他就是想吃我的心，我立马拿刀子挖给他，冇得二话！"

蜜姐说："敞——的！这就是武汉大城市气派，许多城市都是没有这份气派的。我对你，也一样：敞——的！以后只要你需要，蜜姐都会给你。你的离婚，源源那边的事都包在我身上，我保证密不透风，一水塔街的街坊邻居，死都不会晓得真实情况。放心吧，没有我搞不定的，只等你开口而已。不就是离个婚么？当代社会，算什么？我还能看着你把青春都耗进去不成！"

逢春本来是忍了又忍坚决不要哭的，

听蜜姐说完这番话,忽然鼻子一酸,眼泪自己就排山倒海出来了。逢春赶紧去捧住自己的脸,泪水又从指头缝里流出来。蜜姐在一旁吸烟,任逢春去哭,只拿出一包面巾纸扔给逢春。噼啪的鞭子声是愈发响亮了,十里江滩回荡有声。一只风筝起来,忽而就腾空老高。紧接着又一只风筝,又一只风筝。旱冰爱好者成群结队呼啸而过。有人在游泳池那边吹萨克斯,是初学,笨拙得可笑又可爱。长江滚滚东流。林风飒飒作响。这是一片多么罕见的巨大的阔叶意杨,与她们一起长大,从她们儿时到现在都与长江在着,这样的树林让人感觉牢靠。两个女子坐在大树下,在江边,在汉口,在她们的城市她们的家,说话与哭泣。